COLLECTION FOLIO

Salman Rushdie

Haroun et la mer des histoires

Traduit de l'anglais par
Jean-Michel Desbuis

Gallimard

Cet ouvrage a paru initialement aux Éditions Christian Bourgois en 1991.

Titre original :

HAROUN AND THE SEA OF STORIES

Né en 1947 à Bombay, Salman Rushdie vit en Grande-Bretagne depuis l'âge de 14 ans. En 1981, son premier roman, *Les enfants de minuit*, remporte le Booker Prize. La parution des *Versets sataniques* en 1989 le rend célèbre, et lui vaut une fatwa qui le condamne à la clandestinité. Cela ne l'empêchera pas de poursuivre la publication de son œuvre, composée de contes, notamment *Haroun et la mer des histoires*, de romans, dont *Furie* et *L'Enchanteresse de Florence*, et de recueils critiques.

Ses livres ont tous été couronnés par les prix littéraires les plus prestigieux et sont traduits en plusieurs langues.

Z embla, Zenda, Xanadu.
A ll our dream-worlds may come true.
F airy lands are fearsome too.
A s I wander far from view
R ead, and bring me home to you.

Z embla, Zenda, Xanadu
A u pays de son rêve on peut vivre le vrai.
F ées et enchantements te rempliront d'effroi.
A lors que j'erre au loin, invisible et secret,
R amène-moi chez nous, en lisant, près de toi.

I

LE SHAH DE BLA

Il était une fois, dans le pays d'Alifbay, une ville triste, la plus triste des villes, une ville si épouvantablement triste qu'elle en avait oublié son propre nom. Elle se trouvait près d'une mer lugubre remplie de poissons-chagrin, si désagréables à manger que les gens rotaient mélancoliquement malgré le ciel bleu.

Au nord de la ville triste, il y avait d'immenses usines dans lesquelles (m'a-t-on dit) on fabriquait vraiment de la tristesse, on l'emballait et on l'expédiait aux quatre coins du monde, qui ne semblait jamais en avoir assez. Les cheminées des usines de tristesse crachaient une fumée noire qui restait suspendue au-dessus de la ville triste comme de mauvaises nouvelles.

Et dans les profondeurs de la ville, après un quartier ancien d'immeubles en ruine qui ressemblaient à des cœurs brisés, vivait un jeune garçon heureux qui portait le nom d'Haroun, le fils unique du conteur Rachid Khalifa, célèbre pour sa gaieté dans cette métropole malheureuse et dont le flot infini d'histoires, longues, brèves ou tortueuses, lui avait valu non pas un mais deux surnoms. Ses admirateurs l'appelaient l'Océan des Idées, aussi rempli d'histoires joyeuses que la mer l'était de poissons-chagrin ; mais pour ses rivaux jaloux, il était le Shah de Bla. Pour sa femme, Soraya, Rachid fut pendant de nombreuses années un mari aussi affectueux qu'on peut le désirer, et pendant toutes ces années, Haroun grandit dans une maison où, au lieu de visages tristes et renfrognés, il eut le rire toujours prêt de son père et la douce voix de sa mère qui chantait.

Puis quelque chose se détraqua. (La tristesse de la ville réussit peut-être à s'insinuer par leurs fenêtres.)

Le jour où Soraya s'arrêta de chanter, au beau milieu d'une chanson, comme si quelqu'un avait donné un coup de baguette, Haroun se dit que des ennuis se préparaient. Mais il ne se doutait pas à quel point il avait raison.

*

Rachid Khalifa était tellement occupé à inventer et à raconter des histoires qu'il ne remarqua pas que Soraya ne chantait plus ; ce qui probablement aggrava les choses. Mais Rachid était un homme très occupé, constamment demandé, c'était l'Océan des Idées, le célèbre Shah de Bla. Avec les répétitions et les représentations, Rachid se trouvait si souvent sur scène qu'il ne s'aperçut pas de ce qui se passait dans sa propre maison. Il courait la ville et la campagne pour raconter des histoires tandis que Soraya restait chez elle où elle devenait sombre et grondait un peu comme lorsqu'un orage menace.

Haroun accompagnait son père à chaque fois

qu'il le pouvait, parce que c'était un magicien, on ne pouvait le nier. Il montait sur une estrade de fortune au fond d'une impasse où s'entassaient des enfants loqueteux et des vieillards édentés, assis dans la poussière ; quand il commençait, même les nombreuses vaches, qui erraient dans la ville, s'arrêtaient et dressaient l'oreille, les singes sur les toits jacassaient d'un air approbateur et les perroquets dans les arbres imitaient sa voix.

Haroun trouvait que son père était un vrai jongleur, parce que ses histoires se composaient en réalité de différents contes avec lesquels il jonglait, et Rachid les lançait sans cesse dans une sorte de tourbillon étourdissant et ne se trompait jamais.

D'où venaient toutes ces histoires ? Il semblait que Rachid n'avait qu'à ouvrir ses lèvres rondes et rouges sur un sourire pour qu'il en sorte une saga flambant neuve, avec sorcellerie, histoires d'amour, princesses, méchants oncles, grosses tantes, gangsters à moustaches et pantalons à carreaux jaunes, sites fantastiques, lâches, héros, combats, ainsi qu'une demi-douzaine d'airs faciles à retenir et à fredonner. « Tout vient de quelque part », se disait Haroun, « aussi ces histoires ne peuvent pas venir de rien ?... »

Mais à chaque fois qu'il posait à son père cette question essentielle, le Shah de Bla plissait ses yeux (pour dire la vérité) légèrement globuleux, il tapotait son ventre ballottant et il mettait son pouce entre ses lèvres en faisant le bruit ridicule de quelqu'un qui boit, *glou-glou-glou*. Haroun détestait que son père se conduise ainsi. « Non, allez, d'où est-ce qu'elles viennent vraiment ? »

insistait-il, et Rachid remuait mystérieusement les sourcils et agitait les doigts comme un sorcier.

« De la grande Mer des Histoires, répondait-il. Je bois les Eaux chaudes des Histoires et je me sens rempli de vapeur. »

Haroun trouvait ce genre d'affirmation profondément irritant. « Alors, où gardes-tu cette eau chaude ? » demandait-il de façon astucieuse. « Dans des bouillottes, je suppose. Mais je n'en ai jamais vu aucune.

— Elle sort d'un robinet invisible installé par un Génie de l'Eau, disait Rachid, le visage sérieux. Il faut être abonné.

— Et comment t'es-tu abonné ?

— Oh ! disait le Shah de Bla, c'est beaucoup Trop Compliqué à Expliquer !

— De toute façon, disait Haroun d'un ton maussade, je n'ai jamais vu non plus de Génie de l'Eau. »

Rachid haussait les épaules. « Tu ne te lèves jamais assez tôt pour voir le laitier, faisait-il remarquer, mais tu bois quand même du lait. Alors sois gentil d'arrêter avec tes si et tes mais, et amuse-toi à écouter les histoires qui te plaisent. »

Mais un jour Haroun posa une question de trop et ce fut la catastrophe.

*

La famille Khalifa habitait au rez-de-chaussée d'une petite maison de ciment aux murs roses, aux fenêtres vert citron et aux balcons peints en bleu avec des balustrades de métal onduleuses, ce qui lui donnait plus l'allure (d'après Haroun) d'un gâteau que d'une maison. Elle n'avait rien de grandiose, pas comme les gratte-ciel dans lesquels habitaient les super-riches ; mais elle ne ressemblait pas non plus aux logements des pauvres. Les pauvres vivaient dans des cabanes délabrées faites de vieilles caisses en carton et de feuilles de plastique et le désespoir collait ces cabanes les unes aux autres. Et il y avait les super-pauvres qui n'avaient pas de maison du tout. Ils dormaient sur les trottoirs et dans l'entrée des boutiques et, rien que pour ça, ils devaient payer un loyer aux gangsters locaux. Aussi, la vérité, c'est qu'Haroun avait beaucoup de chance ; mais la chance peut disparaître sans le moindre avertissement. Pendant une minute, une bonne étoile vous protège, la minute suivante elle a filé.

*

Dans la ville triste, la plupart des gens avaient de grandes familles ; mais les enfants pauvres tombaient malades et mouraient de faim tandis que les gosses de riches se goinfraient et se disputaient l'argent de leurs parents. Pourtant Haroun voulut savoir pourquoi ses parents n'avaient pas eu plus d'enfants mais la seule réponse qu'il obtint de Rachid n'en était pas une :

« Il y en a plus pour toi, jeune Haroun Khalifa. »

Qu'est-ce que *cela* pouvait bien vouloir dire ?

« Nous avons utilisé toute la matière à enfants dont nous disposions pour te faire, expliqua Rachid. Tout est là-dedans, suffisamment pour quatre ou cinq gamins. Oui, monsieur, il y en a plus pour toi. »

Les réponses directes échappaient aux possibilités de Rachid Khalifa, qui ne prenait jamais la ligne droite s'il y avait un chemin plus long et plus sinueux. Soraya répondit à Haroun plus simplement. « Nous avons essayé, dit-elle tristement. Ces histoires d'enfants ne sont pas faciles. Regarde les pauvres Sengupta. »

Les Sengupta habitaient au premier. Mr Sengupta travaillait dans les services municipaux et il était aussi maigre, geignard et piteux que sa femme était généreuse, bruyante et grosse. Ils n'avaient pas d'enfant du tout et Oneeta Sengupta était plus attentive envers Haroun qu'il ne le désirait. Elle lui apportait des friandises (ce qui était bien) et lui ébouriffait les cheveux (ce qui ne l'était pas) et quand elle le serrait dans ses bras, les grandes cascades de sa chair semblaient vouloir l'engloutir à sa plus grande frayeur.

Mr Sengupta ignorait Haroun mais il parlait toujours à Soraya, ce qu'Haroun n'aimait pas, en particulier quand il se mettait à critiquer Rachid le conteur à chaque fois qu'il croyait qu'Haroun n'entendait pas. « Votre mari, excusez-moi d'en parler, commençait-il de sa petite voix pleurnicharde. Il a la tête dans les nuages et il n'a plus les pieds sur terre. Qu'est-ce que c'est que toutes ces histoires ? La vie n'est pas un livre de contes ni un magasin de farces et attrapes. Tout cet amusement ne mènera à rien de bon. À quoi servent des histoires qui ne sont même pas vraies ? »

Haroun, qui écoutait attentivement de l'autre côté de la fenêtre, décida que Mr Sengupta, cet homme qui n'aimait ni les histoires ni les conteurs, ne l'intéressait pas : il ne l'intéressait absolument pas.

À quoi servent des histoires qui ne sont même pas vraies ? Haroun ne réussissait pas à s'enlever de la tête la terrible question. Cependant, il existait des gens qui trouvaient utiles les histoires de Rachid. On approchait d'une période électorale et les gros pontes de différents partis politiques venaient voir Rachid, ils lui faisaient des sourires de richards en lui demandant de venir raconter des histoires à leurs réunions et pas à celles des autres. Tout le monde savait que si l'on pouvait mettre la langue magique de Rachid de son côté, on n'avait plus de problèmes. Personne ne croyait jamais ce que racontaient les politiciens même quand ils faisaient un gros effort pour convaincre qu'ils disaient la vérité. (En fait, c'était comme ça qu'on savait qu'ils mentaient.) Mais tout le monde avait une confiance absolue en Rachid parce qu'il reconnaissait toujours que tout ce qu'il racontait était faux et inventé. Aussi les politiciens avaient besoin de Rachid pour les aider à gagner les voix des gens. Ils faisaient la queue à sa porte avec leurs visages brillants, leurs sourires faux et leurs sacs bourrés d'argent liquide. Rachid pouvait se montrer difficile.

*

Le jour où les ennuis commencèrent, Haroun rentrait de l'école quand il reçut la première averse de la saison des pluies.

Quand les pluies arrivaient sur la ville triste, la vie devenait un peu plus facile à supporter. À ce moment de l'année, il y avait de délicieuses brèmes dans la mer et les gens pouvaient cesser de manger des poissons-chagrin ; et l'air devenait frais et propre parce que la pluie chassait presque toute la fumée noire que crachaient les usines de tristesse. Haroun Khalifa aimait se faire tremper jusqu'aux os par la première pluie de l'année, aussi il s'en alla en sautillant sous une merveilleuse pluie chaude et il ouvrit la bouche pour que les gouttes lui tombent sur la langue. Il arriva chez lui aussi mouillé et aussi brillant qu'une brème dans la mer.

Mrs Oneeta se tenait sur son balcon, et tremblait comme de la gelée ; et s'il n'avait pas plu, Haroun aurait peut-être remarqué qu'elle pleurait. En entrant il trouva Rachid le conteur et on aurait pu croire qu'il venait de mettre le visage à la fenêtre parce qu'il avait les yeux et les joues trempés bien que ses vêtements fussent secs.

Soraya, la mère d'Haroun, s'était enfuie avec Mr Sengupta.

À onze heures précises, elle avait demandé à Rachid d'aller dans la chambre d'Haroun chercher une paire de chaussettes égarée. Quelques secondes plus tard, alors qu'il cherchait toujours (Haroun avait la spécialité de perdre ses chaussettes), Rachid entendit la porte d'entrée claquer et, un instant après, le bruit d'une voiture dans la ruelle. Il revint dans le salon pour découvrir que sa femme était partie et il vit un taxi qui tournait à toute vitesse au coin de la rue. « Elle a dû préparer son coup avec soin », se dit-il. La pendule marquait toujours exactement onze heures. Rachid prit un marteau et la réduisit en morceaux. Puis il cassa les autres pendules de la maison, y compris le réveil posé sur la table de chevet d'Haroun.

La première chose que dit Haroun en apprenant la nouvelle du départ de sa mère fut : « Et pourquoi est-ce que tu as cassé mon réveil à cause de ça ? »

Soraya avait laissé une lettre pleine des choses

désagréables que disait Mr Sengupta à propos de Rachid : « Tu ne t'intéresses qu'au plaisir, mais un homme comme il faut devrait savoir que la vie est une chose grave. Tu as la tête bourrée d'inventions et il n'y reste plus de place pour les faits réels. Mr Sengupta n'a absolument aucune imagination. Ça me convient. » Il y avait un post-scriptum. « Dis à Haroun que je l'aime mais que je n'y peux rien, je dois faire cela maintenant. »

Des gouttes de pluie tombèrent des cheveux d'Haroun sur le billet. « Qu'est-ce que je peux faire, fils ? Raconter des histoires est le seul métier que je connaisse. »

Quand il entendit la voix pathétique de son père, Haroun perdit son calme et hurla : « Et tout cela pourquoi ? *À quoi servent des histoires qui ne sont même pas vraies ?* »

Rachid plongea son visage dans ses mains et pleura.

Haroun voulut reprendre les paroles qu'il avait prononcées, il voulut les retirer des oreilles de son père et se les renfourner dans la bouche ; mais, bien sûr, il en était incapable. Et c'est pourquoi il s'accusa quand, peu de temps après, et dans les circonstances les plus embarrassantes, une chose impensable se produisit :

Rachid Khalifa, le légendaire Océan des Idées, le célèbre Shah de Bla, debout devant un immense public, ouvrit la bouche, et découvrit qu'il n'avait plus d'histoires à raconter.

*

Après le départ de sa mère, Haroun s'aperçut qu'il ne pouvait pas se concentrer sur quelque chose pendant très longtemps, ou, pour être précis, pendant plus de onze minutes de suite. Rachid l'emmena au cinéma pour lui remonter le moral, mais après onze minutes exactement l'esprit d'Haroun se mit à battre la campagne et quand le film se termina, il ne savait pas du tout ce qui s'était passé, et il dut demander à Rachid si, en fin de compte, le bon avait gagné. Le lendemain, Haroun jouait gardien de but dans une partie de hockey sur rue avec des voisins, et après avoir réussi une série d'arrêts brillants dans les onze premières minutes, il laissa passer les tirs les plus faciles, les plus stupides et les plus humiliants. Et les choses continuèrent ainsi : son esprit divaguait toujours quelque part et abandonnait son corps. Cela créait des problèmes parce que beaucoup de choses intéressantes, et certaines importantes, prennent plus de onze minutes : les repas, par exemple, ou les examens de mathématiques.

Ce fut Oneeta Sengupta qui découvrit la clef de l'énigme. Maintenant, elle descendait encore plus souvent qu'autrefois, par exemple pour annoncer avec un air de défi : « Plus de Mrs Sengupta pour moi ! Désormais, appelez-moi seulement Miss Oneeta ! » — à la suite de quoi elle se donna une violente claque sur le front et gémit : « Oh ! Oh ! Que va-t-il se passer ? »

Quand Rachid parla de l'attention divagante d'Haroun à Miss Oneeta, elle répondit d'une voix ferme et avec assurance : « Onze heures quand sa mère est partie. Maintenant voici ce problème de onze minutes. La cause se trouve dans sa pistole-à-gi. » Il fallut quelques instants à Rachid et à Haroun pour comprendre qu'elle voulait dire *psy-*

chologie. « À cause de sa tristesse pistole-à-gique », poursuivit Miss Oneeta, « le jeune maître reste solidement attaché au chiffre onze et ne peut passer à douze.

— Ce n'est pas vrai », s'écria Haroun ; mais dans son cœur, il avait peur que ça le fût. Était-il coincé dans le temps comme une pendule cassée ? Le problème ne trouverait peut-être jamais de solution jusqu'à ce que Soraya revienne et remette les pendules en route.

*

Quelques jours plus tard, Rachid Khalifa fut invité à se produire par des politiciens de la ville de G, dans la proche vallée de K, nichée dans les montagnes de M. (Je dois expliquer que dans le pays d'Alifbay, beaucoup d'endroits portaient comme nom une lettre de l'alphabet. Cela entraînait une grande confusion parce qu'il y avait un nombre limité de lettres et un nombre presque illimité d'endroits à la recherche d'un nom. Le résultat était que quantité de lieux devaient se partager un seul et unique nom. Cela signifiait que les lettres que s'envoyaient les gens allaient toujours à la mauvaise adresse. De telles difficultés devenaient plus graves encore à cause de certains lieux qui, comme la ville triste, oubliaient entièrement leur nom. Comme vous pouvez l'imaginer, les employés des postes avaient beaucoup de mal à le supporter et ils pouvaient parfois s'énerver un peu.)

« Nous devons y aller », dit Rachid à Haroun, en essayant de faire bonne contenance. « Dans la ville de G et dans la vallée de K, il fait toujours un temps merveilleux ; alors qu'ici, l'air est trop larmoyant pour les mots. »

Il est vrai qu'il pleuvait tellement dans la ville triste qu'on pouvait presque se noyer rien qu'en respirant. Miss Oneeta, qui venait juste de descendre de chez elle, approuva tristement ce que disait Rachid. « C'est une idée du tonnerre, dit-elle. Oui, allez-y tous les deux ; ce sera comme de petites vacances et inutile de vous inquiéter pour moi, assise ici toute seule. »

*

« La ville de G n'a rien de très particulier », dit Rachid à Haroun tandis que le train les y emmenait. « Mais la vallée de K ! C'est autre chose ! Il y a des champs d'or et des montagnes d'argent et, au milieu de la vallée, il y a un lac magnifique dont le nom, soit dit en passant, est le lac Morne.

— S'il est si beau, pourquoi ne s'appelle-t-il pas le lac Intéressant ? » demanda Haroun ; et Rachid, au prix d'un énorme effort pour être de bonne humeur, essaya de faire son vieux numéro des doigts de sorcier. « Ah, le lac Intéressant », dit-il de sa voix la plus mystérieuse. « C'est un Lac aux Nombreux Noms, oui, monsieur, c'est ainsi. »

Rachid continua à essayer de paraître heureux. Il parla à Haroun du luxueux bateau-hôtel qui les attendait sur le lac Morne. Il lui parla du château des fées en ruine dans les montagnes d'argent, et des jardins d'agrément, aménagés par les anciens empereurs, qui descendaient jusque sur les rives du lac Morne : des jardins avec des terrasses, des fontaines et des pavillons de plaisir, que survolaient toujours les esprits des anciens rois sous la forme de huppes. Mais au bout de onze minutes exactement Haroun n'écouta plus ; et Rachid cessa de parler, lui aussi, et ils regardèrent fixement par la fenêtre du compartiment l'ennui des plaines qui se déroulaient devant eux.

Deux hommes au visage qui ne souriait pas, avec de gigantesques moustaches et des pantalons à carreaux d'un jaune criard, les attendaient à la gare de la ville de G. « Je trouve qu'ils ressemblent à des bandits », pensa Haroun, mais il garda son opinion pour lui. Les deux hommes conduisirent Rachid et Haroun en voiture à la réunion politique. Ils doublaient des autobus, qui laissaient tomber des gens comme une éponge laisse tomber des gouttes d'eau, et ils arrivèrent dans une épaisse forêt d'êtres humains, une foule de gens qui poussaient dans tous les sens comme des feuilles poussent sur les arbres de la jungle. Il y avait de grands buissons d'enfants et des rangées de dames comme des fleurs dans un parterre géant ; Rachid, plongé dans ses pensées, hochait tristement la tête.

Puis la chose eut lieu, la chose impensable. Rachid monta sur la scène, devant cette immense jungle de peuple, et Haroun l'observait depuis les coulisses — et le pauvre conteur ouvrit la bouche et la foule poussa des cris d'excitation — et Rachid Khalifa debout, la bouche grande ouverte, s'aperçut qu'il était aussi vide que son cœur.

« Arch. » Ce fut tout ce qui sortit. Le Shah de Bla parlait comme un corbeau stupide. « Arch, arch, arch. »

*

Ensuite, Rachid et Haroun se retrouvèrent dans un bureau surchauffé où les deux hommes avec les moustaches et les pantalons à carreaux d'un jaune criard hurlèrent et accusèrent Rachid de s'être laissé acheter par leurs rivaux, et ils laissèrent entendre qu'ils allaient lui couper la langue ainsi que d'autres organes. Et Rachid, au bord des larmes, ne cessait de répéter qu'il ne comprenait pas pourquoi il était resté sec, et il leur promettait de les dédommager. « Dans la vallée de K, je serai à tout casser, magnifique, jura-t-il.

— Tu as intérêt, lui répondirent en hurlant les deux moustachus. Sinon, on t'arrache la langue de ta gorge menteuse.

— Quand est-ce que l'avion décolle pour la vallée de K ? » intervint Haroun, en espérant calmer les choses. (Il savait que le train n'allait pas dans les montagnes.) Les hommes qui hurlaient hurlèrent encore plus fort. « L'avion ? *L'avion ?* Les histoires du papa ne décollent pas, mais le moutard veut voler ! — Pas d'avion pour vous, monsieur et le fiston. Vous allez prendre un fichu autocar. »

« C'est encore de ma faute », se dit Haroun, de façon misérable. « J'ai tout mis en route. *À quoi servent des histoires qui ne sont même pas vraies ?* J'ai posé cette question qui a brisé le cœur de mon père. Alors c'est à moi de remettre les choses en ordre. Je dois faire quelque chose. »

Le seul problème, c'est qu'il n'arrivait à penser à rien.

II

LA VOITURE POSTALE

Les deux hommes qui hurlaient poussèrent Rachid et Haroun à l'arrière d'une voiture délabrée, aux sièges rouges déchirés, et malgré la radio de mauvaise qualité qui jouait de la musique de film à vous casser les oreilles, les deux hommes qui hurlaient continuèrent à hurler contre l'inconstance des conteurs jusqu'aux portes rouillées de la gare routière. Puis ils éjectèrent Haroun et Rachid de la voiture, sans cérémonie ni au revoir.

« Et les frais du voyage ? » demanda Rachid confiant, mais les deux hommes qui hurlaient hurlèrent : « Il veut encore de l'argent ! Le culot ! Le culot du type ! » et ils démarrèrent sur les chapeaux de roues en obligeant les chiens, les vaches et les femmes portant des paniers de fruits sur la tête à sauter hors de leur chemin.

De la musique et des mots grossiers continuèrent à sortir de la voiture tandis qu'elle s'en allait en zigzaguant.

Rachid ne prit même pas la peine de secouer le poing. Haroun le suivit jusqu'au bureau de vente des billets et ils traversèrent une cour dont les murs étaient recouverts d'étranges avertissements :

Si vous foncez toujours, si vous roulez en trombe
Vous filez à coup sûr tout droit dans votre tombe

disait l'un, et

Tous les fous du volant qui se croient les plus forts
À tant foncer ne font que rattraper la mort

disait un autre, et aussi

Attention ! Doucement ! Et ne plaisantons plus !
La vie n'a pas de prix ! Les voitures non plus !

« Il devrait y en avoir un demandant à ce qu'on ne hurle pas contre les passagers assis à l'arrière », marmonna Haroun. Rachid alla acheter un billet.

Devant le guichet, il y avait un match de catch à la place d'une file d'attente parce que tout le monde voulait être le premier ; et comme la plupart des gens avaient des poulets et des enfants ou d'autres objets encombrants, le résultat était une bagarre générale d'où volaient sans cesse des plumes, des jouets et des chapeaux. Et de temps en temps, un type étourdi jaillissait de la bataille, les vêtements en lambeaux, en agitant triomphalement un morceau de papier : son billet ! Rachid prit une grande respiration et plongea dans la mêlée.

Pendant ce temps, dans la cour où étaient rangés les autocars, de petits nuages de poussière filaient dans tous les sens comme de petits tourbillons du désert. Haroun se rendit compte que ces petits nuages étaient pleins d'êtres humains. Il y avait tout simplement trop de passagers à la gare routière pour le nombre d'autocars et, de toute façon, personne ne savait quel autocar partait le premier ; cela permettait aux chauffeurs de jouer à un jeu pervers. Un conducteur mettait son moteur en marche, il réglait ses rétroviseurs et se conduisait comme s'il allait partir. Aussitôt, des passagers ramassaient leurs valises, leurs nattes de couchage, leurs perroquets et leurs transistors et se précipitaient vers lui. Alors il coupait son moteur avec un sourire innocent ; à ce moment-là, de l'autre côté de la cour, un autre autocar se mettait en route et les passagers couraient vers lui.

« Ce n'est pas juste, dit Haroun à haute voix.

— Tout à fait exact, répondit une voix grondante derrière lui, mais mais mais vous reconnaîtrez que c'est vraiment trop drôle à observer. »

Le propriétaire de cette voix se révéla être un énorme type avec un grand toupet de cheveux dressé sur la tête comme la crête d'un perroquet. Il avait un visage également très poilu ; et l'idée que tous ces poils ressemblaient, eh bien, à des *plumes*, traversa l'esprit d'Haroun. « C'est ridicule, se dit-il. Pourquoi diable avoir de telles idées ? C'est tout à fait absurde, comme tout le monde peut le voir. »

À ce moment précis, deux nuages de poussière distincts de passagers qui couraient entrèrent en collision dans une explosion de parapluies, de bidons de lait et d'espadrilles, et Haroun éclata de rire malgré lui. « Vous êtes quelqu'un de formidable », tonna le type aux cheveux de plumes. « Vous voyez le côté comique des choses. Un accident est vraiment une chose triste et cruelle, mais mais mais — Crac ! Boum ! Badaboum ! — on rit et on rigole. » Puis le géant se leva et salua. « À votre service, dit-il. Je m'appelle Mmais, je suis le conducteur de la voiture postale super express numéro un, pour la vallée de K. » Haroun se dit qu'il devait saluer lui aussi. « Je m'appelle Haroun. »

Puis il eut une idée et il ajouta : « Si vous êtes vraiment à mon service, alors vous pouvez faire quelque chose.

— C'était une façon de parler, répondit Mr Mmais. Mais, mais, mais je m'en tiens à ce que j'ai dit. Une façon de parler est une chose ambiguë ; elle peut être retorse ou droite. Mais Mmais est un homme droit, pas un homme tordu. Quel est votre souhait, mon jeune monsieur ? »

Rachid avait souvent parlé à Haroun de la beauté de la route qui conduisait de la ville de G à la vallée de K, une route qui montait en serpentant par le col de H jusqu'au tunnel de I (connu aussi comme le tunnel de J). Il y avait de la neige sur les bas-côtés et de fabuleux oiseaux multicolores se laissaient glisser dans les gorges ; quand la route sortait du tunnel (avait dit Rachid), alors le voyageur voyait devant lui le panorama le plus spectaculaire de la terre, une vue sur la vallée de K avec ses champs d'or et ses montagnes d'argent, et au centre le lac Morne — un paysage étalé comme un tapis magique qui attendait que quelqu'un vienne s'y promener. « Personne ne peut être triste qui contemple ce paysages avait dit Rachid, mais un aveugle doit se sentir doublement misérable. » Aussi voici ce qu'Haroun demanda à Mr Mmais : des sièges à l'avant de la voiture postale jusqu'au lac Morne ; et la garantie que la voiture postale passerait par le tunnel de I (aussi connu sous le nom de J) avant le coucher du soleil, parce que sinon tout serait raté

«Mais, mais, mais, protesta Mr Mmais, il est déjà tard... » Alors, voyant le visage d'Haroun qui s'allongeait, il fit un grand sourire et claqua des mains. « Mais, mais, mais, et alors ? cria-t-il. Le magnifique paysage ! Pour redonner le moral au triste papa ! Avant le coucher du soleil ! *Aucun problème.* »

Aussi quand Rachid sortit en titubant du bureau de vente des billets, il découvrit Haroun qui l'attendait sur les marches de la voiture postale, dans laquelle il avait réservé les meilleures places et dont le moteur tournait.

Les autres passagers, à bout de souffle d'avoir tant couru, et couverts de poussière que leur sueur transformait en boue, regardaient Haroun avec un mélange de jalousie et de crainte. Rachid lui aussi fut impressionné. « Comme je l'ai peut-être dit, jeune Haroun Khalifa, tu ne paies pas de mine, mais tu nous réserves de sacrées surprises.

— Bravo ! » cria Mr Mmais, aussi vif que tout employé des postes. « Vroum ! » ajouta-t-il et il enfonça la pédale de l'accélérateur jusqu'à ce que son pied touche le plancher.

La voiture postale passa en trombe les portes de la gare routière en ratant de peu un mur sur lequel Haroun put lire :

S'il te faut la vitesse et ses enivrements
Prends bien tes précautions et fais ton testament.

*

La voiture postale allait de plus en plus vite ; les passagers se mirent à crier et à hurler d'excitation et de peur. Mr Mmais traversait à toute allure les villages les uns après les autres ; Haroun remarqua que dans chacun d'eux un homme attendait sur la place avec un grand sac postal et qu'il avait d'abord l'air étonné puis furieux quand l'autocar passait en grondant à côté de lui sans même ralentir. Haroun pouvait voir également qu'à l'arrière de l'autocar il y avait un espace séparé des passagers par un filet métallique et qu'on y avait entassé des sacs postaux tout à fait semblables à ceux que tenaient les hommes en colère et secouant le poing sur la place des villages. Apparemment, Mr Mmais avait oublié de distribuer et de ramasser le courrier !

« Est-ce que nous n'avons pas besoin de nous arrêter pour les lettres ? » demanda finalement Haroun en se penchant. Au même moment, Rachid le conteur s'écria : « Est-ce que nous avons besoin d'aller si vite ? »

Mr Mmais réussit à accélérer encore. « Besoin de nous arrêter ? » hurla-t-il par-dessus son épaule. « Besoin d'aller si vite ? Eh bien, messieurs, je vais vous dire ceci : le besoin est un serpent qui nous glisse entre les doigts, voilà ce que c'est. Ce jeune garçon dit que vous, monsieur, vous avez besoin d'un paysage avant le coucher du soleil, c'est peut-être vrai, peut-être pas. Et certains pourraient dire que ce jeune garçon a besoin d'une mère, et c'est peut-être vrai, peut-être pas. Et on a dit de moi que Mr Mmais avait besoin de vitesse, mais mais mais c'est peut-être parce que mon cœur a besoin d'un genre différent de frémissement. Oh ! le besoin est un drôle d'oiseau : il rend les gens inconstants. Tous en souffrent, mais ils ne le reconnaissent pas toujours. Hourra ! » ajouta-t-il en tendant le doigt. « Les neiges éternelles ! Des plaques de verglas ! Des routes au revêtement qui se désagrège ! Des épingles à cheveux ! Des dangers d'avalanches ! *Fonçons à toute vitesse !* »

Il avait simplement décidé de ne pas s'arrêter pour le courrier afin de tenir la promesse qu'il avait faite à Haroun. « *Aucun problème* », cria-t-il gaiement. « De toute façon, dans ce pays à tant, à trop de lieux et à si peu, à trop peu de noms, chacun reçoit la correspondance d'un autre. » La voiture postale s'élança dans les montagnes de M en tournant dans des courbes terrifiantes avec d'assourdissants crissements de pneus. Les bagages (tous attachés sur le toit) se mirent à bouger de façon inquiétante. Les passagers (qui se ressemblaient tous maintenant que leur transpiration avait fini de transformer la poussière qui les recouvrait en boue) commencèrent à se plaindre.

« Mon sac de voyage, hurla une femme de boue. Espèce de fou ! Espèce de cinglé ! Arrêtez de foncer comme ça sinon mes bagages vont être expédiés dans l'autre monde !

— C'est nous qui allons y être expédiés, madame », lui répondit sèchement un homme de boue. « Alors, je vous en prie, un peu moins de bruit pour vos affaires. » Un deuxième homme de boue l'interrompit, mécontent. « Faites attention ! Vous insultez mon épouse ! » Alors une seconde femme de boue intervint : « Et alors ? Il y a tellement longtemps qu'elle hurle dans l'oreille de mon mari, pourquoi ne pourrait-il pas se plaindre ? Regardez-la, ce sac d'os crasseux. Est-ce que c'est une femme ou un bâton boueux ?

— Regardez ce virage, drôlement serré ! Il y a eu un accident terrible ici, il y a quinze jours. Un autocar est tombé dans le ravin, pas un survivant, au moins soixante à soixante-dix morts. Mon Dieu ! Vraiment triste ! Si vous voulez, je peux m'arrêter pour que vous preniez des photos.

— Oui, arrêtez-vous, arrêtez-vous », supplièrent les passagers (n'importe quoi pour qu'il aille moins vite) mais au lieu de ralentir, Mr Mmais accéléra encore. « Trop tard », chanta-t-il joyeusement. « On est déjà loin. Il faut présenter ses demandes plus rapidement si on veut que j'obtempère. »

« J'ai recommencé, se disait Haroun. Si nous avons un accident, si nous sommes mis en bouillie ou frits comme des pommes de terre dans un incendie, ce sera de ma faute, une fois encore. »

*

Ils étaient maintenant en haut des montagnes de M et Haroun avait la certitude que plus ils montaient, plus la voiture postale allait vite. Ils se trouvaient si haut qu'il y avait des nuages dans les ravins au-dessous d'eux, une neige épaisse et sale recouvrait les versants des montagnes et les passagers tremblaient de froid. Dans la voiture postale, on n'entendait que le bruit des dents qui claquaient. Chacun avait sombré dans un silence effrayé et gelé, et Mr Mmais se concentrait si intensément sur sa conduite à grande vitesse qu'il avait même cessé de hurler « Holà » et de montrer les endroits où avaient eu lieu les accidents particulièrement horribles.

Haroun avait l'impression qu'ils flottaient sur

une mer de silence, qu'une vague de silence les soulevait de plus en plus haut, toujours plus haut, vers le sommet des montagnes. Il avait la bouche sèche et la langue raide et épaisse. Rachid ne pouvait pas non plus proférer un son, même pas *arch*. « À n'importe quel moment, se dit Haroun — et il savait que chaque passager devait avoir la même idée en tête —, je peux être effacé, comme un mot sur un tableau noir, un coup de chiffon et j'aurai disparu pour de bon. »

Alors, il vit le nuage.

La voiture postale filait comme l'éclair en suivant un ravin étroit. La route tournait si brusquement à droite en montant qu'ils eurent l'impression qu'ils allaient passer par-dessus bord. Des panneaux indicateurs avertissaient du danger supplémentaire en mots si sévères qu'ils ne rimaient même plus. *Si vous conduisez à un train d'enfer, c'est là que vous irez*, disait l'un, et un autre : *Si cet avertissement reste lettre morte, vous serez bientôt comme elle.* Juste à ce moment-là, un nuage épais, traversé de couleurs incroyables et changeantes, un nuage venu d'un rêve ou d'un cauchemar, s'éleva du ravin au-dessous d'eux et s'abattit sur la route. Ils y entrèrent quand ils abordèrent la courbe et, dans la soudaine obscurité, Haroun entendit Mr Mmais appuyer sur les freins de toutes ses forces.

Le bruit revint : les cris et les crissements des pneus. « Ça y est », pensa Haroun — puis ils sortirent du nuage dans un endroit où des murs lisses et arrondis les enveloppaient, avec des rangées de lampes jaunes dans le plafond au-dessus d'eux.

«Le tunnel, annonça Mr Mmais. À l'autre bout, la vallée de K. Jusqu'au coucher du soleil, une heure. Temps pour traverser le tunnel, quelques minutes seulement. Une jolie vue s'approche. Comme je l'ai dit : *aucun problème.* »

*

Ils sortirent du tunnel de I et Mr Mmais arrêta la voiture postale afin que chacun prenne plaisir au spectacle du coucher du soleil sur la vallée de K, avec ses champs d'or (en réalité, il y poussait du safran) et ses montagnes d'argent (en réalité recouvertes de neige blanche, pure et étincelante) et son lac Morne (qui ne semblait pas morne du tout). Rachid Khalifa serra Haroun dans ses bras et dit : « Merci, mon fils, d'avoir arrangé tout ça, mais je reconnais que pendant un moment j'ai pensé que c'est nous qui étions arrangés, je veux dire terminés, finito. *Khattam-Shud.*

— Khattam-Shud », Haroun fronça les sourcils. « Quelle était cette histoire que tu avais l'habitude de raconter... ? »

Rachid parla comme s'il se rappelait un rêve très, très ancien.

« Khattam-Shud, dit-il lentement, est l'ennemi juré de toutes les histoires et du langage lui-même. C'est le prince du Silence et l'adversaire de la Parole. Et parce que tout a une fin, parce que les rêves finissent, que les histoires finissent, que la vie finit, à la fin de chaque chose nous disons : "C'est fini", "C'est terminé." Khattam-Shud : Fin.

— Cet endroit te fait déjà du bien, remarqua Haroun. Plus de *arch.* Tes folles histoires sont en train de revenir. »

En redescendant dans la vallée, Mr Mmais conduisit lentement et avec une prudence extrême.

« Mais mais mais, plus besoin d'aller vite maintenant que j'ai rempli mon devoir », expliqua-t-il aux hommes et aux femmes de boue tremblants qui regardaient Haroun et Rachid d'un air furieux.

Alors que la lumière faiblissait, ils passèrent devant un panneau qui à l'origine disait : *Bienvenue à K*; mais quelqu'un y avait barbouillé des lettres grossières et irrégulières et maintenant on pouvait lire : Bienvenue à KOSH-MAR.

« Qu'est-ce que c'est Kosh-mar ? » voulut savoir Haroun.

« C'est l'œuvre d'un misérable », dit Mr Mmais en haussant les épaules. « Dans la vallée, comme vous le découvrirez peut-être, tout le monde n'est pas heureux.

— C'est un mot de l'ancienne langue de Franj, qui n'est plus usitée par ici, expliqua Rachid. Dans ces époques très lointaines, la vallée, qui aujourd'hui s'appelle simplement K, portait d'autres noms. Si je me souviens bien, l'un d'eux était "Kache-mer". Et un autre "Kosh-mar".

— Est-ce que ces noms signifient quelque chose ? demanda Haroun.

— Tous les noms signifient quelque chose, répondit Rachid. Laisse-moi réfléchir. Oui, c'était ça. On peut traduire "Kache-mer" par "l'endroit qui dissimule la mer". Mais "Kosh-mar" est un nom plus violent.

— Allez, le pressa Haroun. Tu ne peux pas t'arrêter ici.

— Dans la langue ancienne, reconnut Rachid, ce mot voulait dire "cauchemar". »

*

Il faisait nuit quand la voiture postale arriva à la gare routière de K. Haroun remercia Mr Mmais et lui dit adieu. « Mais mais mais, je serai là pour vous reconduire chez vous, répondit-il. Je vous garderai les meilleures places ; aucun problème. Venez quand vous serez prêts — je vous attendrai — alors nous partirons ! Vroum ! *Aucun problème*. »

Haroun avait eu peur que d'autres hommes qui hurlaient attendent Rachid, mais K était un endroit éloigné et la nouvelle de la représentation catastrophique du conteur dans la ville de G n'avait pas filé aussi vite que la voiture postale de Mr Mmais. Aussi ils furent accueillis par le chef en personne, le grand patron du parti au pouvoir dans la vallée, candidat aux prochaines élections, pour qui Rachid avait accepté de se produire. Ce chef avait un visage si brillant et si lisse, il portait une chemise et un pantalon blancs si propres et si impeccablement amidonnés qu'on avait l'impression qu'il avait emprunté à quelqu'un d'autre la petite moustache broussailleuse qu'il avait sur la lèvre supérieure : elle semblait de trop mauvais goût pour un type aussi net.

Ce type très net accueillit Rachid avec un sourire de star de cinéma dont le manque de sincérité mit Haroun mal à l'aise. « Cher monsieur Rachid, dit-il. C'est un honneur pour nous. Une légende dans notre ville. » Haroun se dit que si Rachid devait faire le même bide dans la vallée de K que dans la ville de G, ce type changerait de chanson. Mais la flatterie semblait ravir Rachid et toute chose qui lui remontait le moral méritait qu'on la supporte... « Mon nom », dit le type net en inclinant légèrement la tête et en claquant les talons, « est Mmais Buttoo.

— Presque comme le conducteur de la voiture postale ! » s'exclama Haroun et le type net à la moustache moche leva la main horrifié. « Rien à voir avec aucun chauffeur de bus, hurla-t-il. Par Moïse ! Savez-vous à qui vous parlez ? Est-ce que j'ai l'air d'un conducteur de bus ?

— Excusez-moi », dit Haroun, mais Mr Buttoo s'en allait déjà à grands pas, en levant le nez. « Respecté monsieur Rachid, allons au bord du lac », ordonna-t-il par-dessus son épaule. « Des porteurs s'occuperont de vos bagages. »

Pendant les cinq minutes de marche jusqu'aux rives du lac Morne, Haroun commença à se sentir très inquiet. Mr Buttoo et ceux qui l'accompagnaient (y compris Rachid et Haroun) étaient en permanence entourés par exactement cent un soldats armés jusqu'aux dents ; et les gens ordinaires qu'Haroun remarqua dans la rue avaient des expressions extrêmement hostiles. « Il y a une mauvaise atmosphère dans cette ville », se dit-il. Si on vit dans une ville triste on reconnaît le malheur quand on le rencontre. On peut le sentir dans l'air nocturne, quand les gaz d'échappement des voitures et des camions se sont dissipés et que la lune rend chaque chose plus claire. Rachid avait accepté de venir dans la vallée parce qu'il s'en souvenait comme de l'endroit le plus joyeux du pays mais il semblait évident que les ennuis s'étaient frayés un chemin jusqu'ici.

« Comment ce Buttoo peut-il être populaire s'il a besoin d'autant de soldats pour se protéger ? » se demandait Haroun. Il essaya de chuchoter à Rachid que le type net au visage au poil rare n'était peut-être pas le bon candidat à soutenir dans la campagne électorale mais il y avait toujours trop de soldats à portée de voix. Ils arrivèrent au bord du lac.

Une barque en forme de cygne les attendait. « Ce qu'il y a de mieux pour le distingué Mr Rachid », fredonna l'arrogant Mr Buttoo. « Cette nuit, vous êtes mon hôte sur le plus beau bateau-hôtel du lac. J'espère qu'il ne se révélera pas trop modeste pour un personnage de votre stature. » Il avait l'air poli mais Haroun comprit qu'en réalité il était insultant. Pourquoi Rachid supportait-il cela ? Haroun monta sur la barque-cygne, très mécontent. Des rameurs en uniforme militaire commencèrent à ramer.

Haroun regarda dans l'eau du lac Morne. Il semblait rempli d'étranges courants qui se croisaient en suivant des dessins extrêmement compliqués. Puis la barque-cygne rencontra quelque chose qui ressemblait à un tapis flottant à la surface de l'eau. « Un jardin flottant », dit Rachid à Haroun. « On tisse des racines de lotus pour constituer le tapis et on peut y faire pousser des légumes, sur le lac. » Sa voix avait à nouveau un accent de mélancolie et Haroun lui murmura : « Ne sois pas triste.

— Triste ? Malheureux ? glapit l'arrogant Buttoo. L'éminent Mr Rachid n'est sûrement pas mécontent des dispositions que nous avons prises. » Rachid le conteur avait toujours été incapable d'inventer des histoires sur lui-même, aussi il répondit avec la plus grande sincérité : « Non, monsieur. Il s'agit d'une affaire de cœur. »

Pourquoi lui as-tu dit ça ? pensa Haroun avec fureur, mais la révélation ravit l'arrogant Mr Buttoo. « Il n'y a pas de quoi s'inquiéter, unique monsieur Rachid, cria-t-il de façon indélicate. Elle vous a peut-être quitté *mais il y a beaucoup de poissons dans la mer.* »

« Poissons ? » se dit Haroun avec rage. « Il a dit *poissons* ? » Sa mère était-elle une brème ? Devait-on la comparer à un poisson-chagrin ou à un requin ? Rachid aurait vraiment dû cogner ce Buttoo sur son nez retroussé !

Le conteur plongea nonchalamment la main dans les eaux du lac Morne. « Ah, mais il faut aller loin, très loin pour trouver un poisson-ange », soupira-t-il.

Comme en réponse à ses paroles, le temps changea. Un vent chaud se mit à souffler, et un banc de brume se précipita vers eux à la surface de l'eau. Ensuite, ils ne purent plus rien voir.

« Inutile de parler de poisson-ange, se dit Haroun, en ce moment, je ne peux même plus trouver le bout de mon nez. »

III

LE LAC MORNE

Haroun avait déjà flairé le malheur dans l'air nocturne, et cette brume soudaine puait véritablement la tristesse et la mélancolie. « Nous aurions dû rester chez nous, se dit-il. On n'y manque pas de visages sinistres. »

« Pouah ! » hurla la voix de Rachid Khalifa dans le brouillard jaune-vert. « Qui a fait *cette* odeur ? Allez, avouez.

— C'est la brume, lui expliqua Haroun. C'est une brume de détresse. » Mais brusquement la voix de l'arrogant Mr Buttoo cria : « Indulgent monsieur Rachid, il semble que le jeune homme veuille dissimuler sa puanteur par des mensonges. J'ai peur qu'il ressemble aux gens de cette vallée — ils adorent les histoires. Et il faut que je m'y résigne ! Mes ennemis engagent des types médiocres qui bourrent les oreilles du peuple ignorant de vilaines histoires sur mon compte et le peuple ignorant gobe ça comme du petit-lait. C'est pour cette raison que je me suis adressé à vous, éloquent monsieur Rachid. Vous allez raconter des histoires heureuses, qui dégagent la bonne humeur et le peuple vous croira, il sera heureux, et il votera pour moi. »

Buttoo avait à peine fini de prononcer ces mots qu'un vent brûlant et violent balaya la surface du lac. La brume se dispersa mais le vent leur brûlait le visage et les eaux du lac se mirent à s'agiter violemment.

« Il n'est pas du tout morne, ce lac, s'exclama Haroun. Il est même tout à fait capricieux ! » Tandis qu'il prononçait ces mots, une idée lui vint. « Ce doit être le Pays Changeant ! » s'écria-t-il.

Le Pays Changeant était l'une des histoires préférées de Rachid. On y parlait d'un pays magique qui changeait constamment en fonction de l'humeur de ses habitants. Au Pays Changeant, le soleil brillait toute la nuit s'il y avait suffisamment de gens joyeux, et il continuait à briller ainsi jusqu'à ce que ce soleil éternel leur tape sur les nerfs ; alors tombait une nuit irritée, une nuit remplie de marmonnements et de griefs, dont l'air semblait trop épais pour qu'on le respire. Et quand les gens se mettaient en colère, la terre tremblait ; et quand les gens devenaient embrouillés ou incertains, le Pays Changeant devenait confus lui aussi — les contours des immeubles, des lampadaires et des voitures s'estompaient comme des peintures dont les couleurs ont coulé, et, à ces périodes-là, il pouvait être difficile de savoir où se terminait une chose et où commençait une autre... « Je n'ai pas raison ? » demanda Haroun à son père. « Est-ce que c'est ici que se situait l'histoire ? »

Cela semblait logique : Rachid était triste, alors la brume de détresse enveloppait la barque-cygne ; l'arrogant Buttoo s'échauffait et il n'était pas étonnant qu'il ait fait se lever ce vent brûlant !

« Le Pays Changeant, il s'agissait seulement d'une histoire, Haroun », répondit Rachid. « Nous sommes ici dans un lieu réel. » Quand Haroun entendit son père dire « il s'agissait *seulement d'une histoire* », il comprit que le Shah de Bla était en réalité extrêmement déprimé parce que seul le désespoir pouvait l'amener à dire une chose aussi terrible.

Pendant ce temps, Rachid discutait avec l'arrogant Buttoo. « Vous ne voulez sûrement pas que je ne raconte que des histoires à l'eau de rose ? protesta-t-il. Les bonnes histoires ne sont pas comme ça. Les gens peuvent prendre plaisir aux histoires les plus tristes et les plus larmoyantes tant qu'ils les trouvent belles. »

L'arrogant Buttoo se mit en fureur. « C'est absurde ! Absurde ! hurla-t-il. Les termes de votre engagement sont clairs comme de l'eau de roche. Vous ne me fournirez que des sagas qui dégagent la bonne humeur. Pas de vos récits sinistres. Pour être payé, faut égayer. »

Le vent brûlant se mit brusquement à souffler avec une violence redoublée ; et tandis que Rachid s'enfonçait dans un silence désespéré, la brume verte et jaune à la puanteur de cabinets se précipita sur eux à la surface du lac ; et l'eau fut plus courroucée que jamais, elle passait par-dessus les bords de la barque-cygne et elle la secouait de façon inquiétante, comme si elle répondait à la fureur de Buttoo (ainsi, en vérité, qu'à la colère grandissante d'Haroun devant le comportement de Buttoo).

La brume enveloppa une nouvelle fois la barque-cygne, et à nouveau Haroun ne vit plus rien. Il entendit des cris de panique : les rameurs en uniforme qui piaillaient : « Oh ! Oh ! Nous coulons ! » et les hurlements de colère de l'arrogant Buttoo qui semblait prendre les conditions météorologiques comme une insulte personnelle ; et plus il y avait de cris et de hurlements, plus les eaux devenaient furieuses et plus le vent était brûlant et violent. Les grondements du tonnerre et les éclairs de la foudre illuminaient la brume en créant d'étranges effets qui ressemblaient à du néon.

Haroun décida qu'il ne lui restait rien d'autre à faire qu'à mettre en pratique sa théorie du Pays Changeant « D'accord », cria-t-il dans la brume, « que tout le monde m'écoute. C'est très important : que tout le monde se taise. Plus un mot. Bouche cousue. Un silence de mort ; je compte jusqu'à trois. Un, deux, trois. » Sa voix avait pris une certaine autorité, ce qui l'étonna autant que les autres et ce qui eut comme effet que les rameurs et Buttoo lui-même lui obéirent sans un murmure. Le vent brûlant tomba immédiatement, le tonnerre et les éclairs s'arrêtèrent. Puis Haroun fit un effort très conscient pour contrôler son irritation envers l'arrogant Buttoo et les vagues s'apaisèrent à l'instant où il se calma. Cependant la brume nauséabonde resta.

« Fais une chose pour moi », demanda Haroun à son père. « Simplement cela : pense au moment le plus heureux dont tu peux te souvenir. Pense à la vue de la vallée de K quand nous sommes sortis du tunnel de I. Pense au jour de ton mariage. S'il te plaît. »

Quelques instants plus tard, la brume malodorante se déchira comme les lambeaux d'une vieille chemise et la brise fraîche de la nuit l'emporta. La lune brilla à nouveau sur les eaux du lac.

« Tu vois, dit Haroun à son père, il ne s'agissait pas *seulement d'une histoire*, après tout. »

Rachid en rit bruyamment de plaisir. « Tu es rudement fort dans une mauvaise passe, Haroun Khalifa, dit-il avec un hochement de tête exagéré. Chapeau bas.

— Crédule monsieur Rachid, cria l'arrogant Buttoo, vous ne croyez quand même pas que ce garçon fasse des tours de passe-passe ? Il y a eu des conditions météorologiques incroyables et elles se sont arrêtées. On ne peut rien dire d'autre. »

Haroun garda pour lui ce qu'il pensait de Mr Buttoo. Il savait ce qu'il savait : que le monde réel était plein de magie, de telle façon que les mondes magiques pouvaient facilement être réels.

*

Le bateau s'appelait *Les Mille et Une Nuits plus une*, parce que (comme se vanta Mr Buttoo) « même dans toutes les Mille et Une Nuits vous n'aurez jamais une nuit comme celle-ci ». On avait découpé chaque fenêtre en forme d'oiseau, de poisson ou de bête fabuleuse : le Rock de Sindbad le marin, la Baleine qui avalait les hommes, le Dragon au souffle de feu, etc. La lumière se déversait par les fenêtres et les monstres fantastiques se voyaient de loin et semblaient briller dans la nuit.

Haroun monta une échelle de bois derrière Rachid et Mr Buttoo, ils arrivèrent sur une véranda de bois très finement sculptée, ils entrèrent dans un salon avec des chandeliers de cristal, des sièges qui ressemblaient à des trônes recouverts de coussins décorés de brocart, des tables de noyer sculptées de telle façon qu'on croyait voir des arbres au sommet aplati avec de minuscules oiseaux et ce qui ressemblait à des enfants ailés et qui était bien sûr des fées. Des étagères remplies de livres reliés cuir garnissaient les murs, mais la plupart se révélèrent n'être que des coffres pour des boissons ou des placards à balais. Cependant, une des étagères contenait une collection de vrais livres, écrits dans une langue qu'Haroun ne connaissait pas, et illustrés par les images les plus étranges qu'il ait jamais vues. « Érudit monsieur Rachid, disait Mr Buttoo, ces livres vous intéresseront dans votre activité. Voici, pour votre délectation et votre instruction la collection complète de contes, connue sous le nom d'*Océan des Courants d'Histoires*. Si jamais vous manquez de matière, vous en trouverez des quantités ici.

— Manquer de matière ? De quoi parlez-vous ? » demanda brutalement Rachid, craignant soudain que Buttoo ait finalement appris les terribles événements de la ville de G. Mais Buttoo lui tapa sur l'épaule : « Ombrageux monsieur Rachid ! Ce n'était qu'une plaisanterie, une chose éphémère qui passe, un nuage emporté par la brise. Nous attendons bien sûr votre récital en toute confiance. »

Mais Rachid avait à nouveau l'esprit vide. Il était temps que la journée s'achève.

Les marins en uniforme conduisirent Rachid et Haroun dans leurs chambres qui leur semblèrent encore plus somptueuses que le salon. Au centre exact de la chambre de Rachid se tenait un énorme paon de bois peint. Avec des gestes élégants des bras, les marins en soulevèrent le dos et firent apparaître un grand lit confortable. Haroun avait la chambre contiguë et il y trouva une tortue également énorme qui se transforma elle aussi en lit quand les marins en ôtèrent la carapace. Haroun eut une étrange sensation à l'idée de dormir sur une tortue dont on avait enlevé la carapace, mais il se rappela les convenances et dit : « Merci, c'est très agréable.

— Très agréable ? » hulula l'arrogant Buttoo depuis la porte. « Déplacé, jeune homme, vous êtes à bord du *Mille et Une Nuits plus une* ! “Très agréable” ne convient absolument pas ! Reconnaissez au moins que c'est surprenant, incroyable et tout à fait fantastick. »

Rachid regarda Haroun et ses yeux disaient : « Nous aurions dû jeter ce type dans le lac quand nous en avions l'occasion », et il interrompit les cris perçant de Buttoo. « Comme l'a dit Haroun, c'est en effet très agréable. Maintenant, nous allons dormir. Bonsoir. »

Buttoo prit la mouche et retourna à grands pas sur la barque-cygne. « Aux gens sans goût », dit-il en s'en allant, « le meilleur n'est rien du tout. Demain, insensible monsieur Rachid, ce sera votre tour. Nous verrons si votre public vous trouvera “très agréable”. »

*

Cette nuit-là, Haroun eut du mal à trouver le sommeil. Il resta allongé sur le dos de la tortue, dans sa longue chemise de nuit préférée (rouge clair avec des taches violettes), en se tournant et se retournant, et juste au moment où il allait enfin s'endormir il fut réveillé par des bruits qui venaient de la chambre de Rachid : un craquement, un grondement, un gémissement, un marmonnement puis un cri très faible :

« C'est inutile... J'en serai incapable... Je suis fini, fini pour de bon ! »

Haroun s'avança jusqu'à la porte sur la pointe des pieds, il l'entrouvrit très prudemment ; et il regarda furtivement. Il vit le Shah de Bla, vêtu d'une chemise de nuit bleu uni, sans aucune tache violette, qui marchait tristement autour de son lit-paon, en grommelant tout seul tandis que les lames du parquet craquaient et se lamentaient. « Que des contes qui dégagent la bonne humeur, vraiment ! Je suis l'Océan des Idées, pas quelque garçon de bureau à leurs ordres !... Mais non, qu'est-ce que je dis ?... je vais monter sur scène et je ne trouverai dans ma bouche que des *arch*... alors, ils me mettront en pièces et c'en sera fini de moi, finito, *Khattam-Shud* !... Il vaut mieux que j'arrête de me raconter des histoires, que j'abandonne, que je prenne ma retraite, que je résilie mon abonnement... Parce que la magie a disparu, pour toujours, depuis qu'elle est partie. »

Puis il se retourna vers la porte de communication et dit à haute voix : « Qui est là ? » Haroun ne pouvait rien faire ; il fut obligé de répondre : « C'est moi. Je n'arrivais pas à dormir. Je crois que c'est la tortue, ajouta-t-il. C'est trop étrange. »

Rachid hocha la tête tristement. « C'est curieux, mais moi aussi j'ai des problèmes avec le paon. Je préférerais une tortue. Qu'est-ce que tu penses de l'oiseau ?

— C'est beaucoup mieux, reconnut Haroun. Un oiseau, ça me va. »

Ainsi, Haroun et Rachid échangèrent leurs chambres ; et c'est pourquoi le Génie de l'Eau qui visita cette nuit-là *Les Mille et Une Nuits plus une* et qui se faufila dans la chambre du paon trouva devant lui un jeune garçon qui avait à peu près sa taille et qui le regardait fixement.

*

Pour être précis : Haroun venait juste de s'assoupir quand il fut réveillé par un craquement, un grondement, un gémissement et un marmonnement ; aussi il pensa que son père n'arrivait pas plus à s'endormir sur la tortue que sur le paon. Puis il se rendit compte que le bruit ne venait pas de la chambre de la tortue mais de sa propre salle de bains. Par la porte ouverte, on voyait la lumière allumée et, quand Haroun regarda plus attentivement, il aperçut, se détachant dans rentrée, une ombre trop stupéfiante pour être décrite avec des mots.

Cette ombre avait un oignon géant en guise de tête, des aubergines géantes en guise de jambes et elle portait une boîte à outils dans une main et une clef à molette dans l'autre. Un cambrioleur !

Haroun s'avança sur la pointe des pieds.

La créature à l'intérieur ne cessait de marmonner et de grogner.

« Installez-le, retirez-le. Le type monte jusqu'ici, alors il faut que je vienne pour l'installer, en urgence, et on se moque pas mal du travail supplémentaire. Et crac, boum, il résilie son abonnement, et devinez qui doit revenir pour démonter l'installation, tout de suite, *pronto*, on aurait cru qu'il y avait le feu... Où est-ce que j'ai mis cette saleté de truc ? Est-ce que quelqu'un y a touché... On ne peut faire confiance à personne... D'accord, d'accord, soyons méthodique... Robinet d'eau chaude, robinet d'eau froide, le milieu entre les deux, quinze centimètres au-dessus et il devrait y avoir le robinet à histoires... Où est-ce qu'il est passé ? Quelqu'un l'a volé ?... Hop là ! qu'est-ce que c'est que ça ?... Ho, ha, tu es là ? Tu t'imaginais que tu pouvais te cacher, mais je te tiens. D'accord. C'est le moment de débrancher. »

Tandis qu'on prononçait ce monologue étonnant, Haroun Khalifa avança la tête très, très lentement, jusqu'à ce que la moitié d'un de ses yeux dépasse le montant de la porte et regarde dans la salle de bains : il vit un petit homme assez âgé, mais pas plus grand que lui, qui portait un énorme turban violet sur la tête (l'« oignon ») et un pantalon de soie bouffant, serré aux chevilles (les « aubergines »). Ce petit homme avait des favoris impressionnants d'une couleur au plus haut point étrange : de la nuance la plus pâle et la plus délicate de bleu ciel.

Haroun n'avait jamais vu de poils bleus et il se pencha un peu, poussé par la curiosité ; mais à sa grande horreur, la lame du parquet sur laquelle il se tenait émit un craquement sonore et indiscutable. La barbe bleue se mit à tournoyer, elle tourna très vite trois fois sur elle-même et disparut ; mais dans sa hâte, elle laissa tomber la clef à molette. Haroun se précipita dans la salle de bains, la ramassa et la serra contre lui.

Lentement, et d'une façon apparemment maussade (mais Haroun ne pouvait pas en être vraiment sûr, parce que jusqu'ici il n'avait jamais vu personne apparaître devant lui), le petit homme à barbe bleue revint dans la salle de bains. « Sans blague, ça suffit, c'est terminé, faut être juste », dit-il à toute vitesse. « Rends-moi ça.

— Non, répondit Haroun.

— Le déconnecteur, dit l'autre en tendant le doigt. Donne-le, retour à l'envoyeur, rends-le à César ; laisse tomber, abandonne, rends-toi. »

Haroun remarqua que l'outil qu'il tenait n'était pas plus une clef à molette que la tête à barbe bleue n'était un oignon : en d'autres termes, elle avait la forme générale d'une clef à molette, mais d'une certaine façon elle semblait plus liquide que solide et elle était faite de milliers de petites veines, dans lesquelles coulaient des fluides de différentes couleurs, et qui étaient tenues ensemble par une sorte de force invisible et incroyable. C'était beau.

« Tu ne la récupéreras pas, dit fermement Haroun, tant que tu ne m'auras pas dit ce que tu fais ici. Tu es un cambrioleur ? Je dois appeler les flics ?

— Mission impossible à divulguer », dit le petit homme d'une voix irritée. « Top secret, confidentiel, interdit de prendre des notes ; certainement pas destinée à être révélée à des gamins je-sais-tout en chemise de nuit rouge avec des taches violettes qui prennent ce qui ne leur appartient pas et qui traitent les autres de voleurs.

— Très bien, dit Haroun. Alors je vais réveiller mon père.

— Non, dit sèchement la barbe bleue. Pas d'adultes. Règles et règlements, interdiction absolue, j'ai tout à perdre. Oh ! je savais bien que ce serait une journée terrible !

— J'attends », dit Haroun d'une voix sévère.

Le petit homme se redressa de toute sa hauteur. « Je suis le Génie de l'Eau, Ssi, dit-il d'un air fâché, de l'Océan des Courants d'Histoires. »

Le cœur d'Haroun se mit à battre à grands coups. « Essaies-tu de me dire que tu es vraiment un de ces Génies dont mon père m'a parlé ?

— Fournisseur d'Eau aux Histoires de la Grande Mer des Histoires », dit l'autre en s'inclinant. « Précisément ; le même ; pas un autre ; c'est moi. Cependant, j'ai le regret de te faire savoir que le monsieur ne veut plus du service ; a interrompu ses activités narratives, jeté l'éponge, renoncé. Il a résilié son abonnement. D'où ma présence, pour débranchement. Et pour ce faire, rends-moi mon outil.

— Pas si vite », dit Haroun qui avait le vertige, pas seulement parce qu'il avait découvert que les Génies de l'Eau existaient bel et bien, que la Grande Mer des Histoires n'était pas *seulement une histoire*, mais aussi parce qu'il avait appris que Rachid avait démissionné, abandonné, qu'il s'était fermé les lèvres. « Je ne te crois pas, dit-il au génie Ssi. Comment a-t-il envoyé le message ? Je suis resté à côté de lui presque tout le temps.

— Il l'a envoyé par les moyens habituels, dit Ssi en haussant les épaules. Un S2TTCAE.

— Qu'est-ce que c'est que ça ?

— C'est évident, dit le Génie de l'Eau avec un sourire méchant. Un Système De Transmission Trop Compliqué À Expliquer. » Puis, remarquant le trouble d'Haroun, il ajouta : « Dans ce cas-là, nous avons employé des faisceaux télépathiques. Nous avons capté et écouté ses pensées. C'est une technologie de pointe.

— De pointe ou pas, répliqua Haroun, vous avez fait une erreur, vous vous êtes plantés, vous n'avez rien compris. » Il se rendit compte qu'il se mettait à parler comme le Génie de l'Eau, et il secoua la tête pour s'éclaircir les idées. « Mon père n'a absolument pas abandonné. Tu ne peux interrompre la livraison d'Eau aux Histoires.

— Les ordres, dit Ssi. Toute réclamation doit être adressée au Grand Contrôleur.

— Le Grand Contrôleur de quoi ? voulut savoir Haroun.

— Du Système De Transmission Trop Compliqué À Expliquer, bien sûr. À l'adresse suivante : Immeuble S2TTCAE, ville de Gup, Kahani. Toutes les lettres doivent être adressées au Morse.

— Au Morse ?

— Tu ne te concentres pas, répondit Ssi. Il y a beaucoup de gens très brillants employés à l'immeuble S2TTCAE, à Gup, mais il n'y a qu'un seul Grand Contrôleur. Eux, ce sont les Grosses Têtes. Lui, c'est le Morse. Pigé ? Compris ? »

Haroun intégra toutes ces informations. « Et comment la lettre va-t-elle là-bas ? » demanda-t-il. Le Génie de l'Eau eut un petit rire nerveux. « Elle n'y va pas, répondit-il. Tu vois la beauté du système.

— Certainement pas, répliqua Haroun. Et de toute façon, même si tu arrêtes l'arrivée de ton Eau aux Histoires, mon père sera toujours capable de raconter des histoires.

— N'importe qui peut raconter des histoires, dit Ssi. Les menteurs, les tricheurs, les escrocs par exemple. Mais pour des histoires avec cet ingrédient supplémentaire, ah, pour celles-là, même les meilleurs conteurs ont besoin des Eaux aux Histoires. Les conteurs ont besoin de carburant, comme les voitures ; et si on n'a pas l'Eau, on tombe en panne de vapeur.

— Pourquoi est-ce que je devrais te croire, demanda Haroun, alors que je ne vois rien dans cette salle de bains, en dehors d'une baignoire, d'une toilette et d'un lavabo tout à fait ordinaires, ainsi que des robinets eux aussi ordinaires, marqués froid et chaud ?

— Touche ici », dit le Génie de l'Eau en montrant un endroit vide à quinze centimètres au-dessus du lavabo. « Prends le déconnecteur et mets-le ici, où tu crois qu'il n'y a rien. » Méfiant, soupçonnant un piège, et seulement après avoir demandé au Génie de l'Eau de reculer, Haroun opéra comme on le lui disait. Le déconnecteur fit *ding* en heurtant quelque chose, d'extrêmement solide et d'extrêmement invisible.

« C'est là qu'elle sort », s'écria le Génie de l'Eau avec un large sourire. « Le robinet aux histoires : voilà.

— Je ne comprends toujours pas, dit Haroun en fronçant les sourcils. Où *est* ton Océan ? Et comment l'Eau aux Histoires arrive-t-elle dans ce robinet invisible ? Comment fonctionne la plomberie ? » Il vit une lueur méchante dans l'œil de Ssi et répondit à ses propres questions avec un soupir : « Ne m'explique pas, je sais. Par un Système De Transmission Trop Compliqué À Expliquer.

— En plein dans le mille, dit le Génie de l'Eau. Du premier coup, dix sur dix, tu as fait mouche. »

Puis Haroun Khalifa prit une décision qui deviendrait la plus importante de sa vie. « Monsieur Ssi, dit-il, poliment mais fermement, il faut que tu m'emmènes à Gup voir le Morse afin que je puisse réparer cette stupide erreur sur l'approvisionnement en eau de mon père, avant qu'il soit trop tard. »

Ssi secoua la tête et écarta les bras. « Impossible, dit-il. Pas question, pas au menu, il ne faut même pas en rêver. L'accès à la ville de Gup, à Kahani, près de la côte de l'Océan des Courants d'Histoires, est strictement limité, totalement interdit, prohibé à cent pour cent, sauf au personnel accrédité ; comme, par exemple, moi. Mais toi ? Aucune chance, pas une seule en un million d'années, pas question, pour rien au monde.

— Dans ce cas, dit Haroun d'une voix très douce, il va falloir que tu rentres sans ça », et il agita le déconnecteur devant le visage de barbe bleue, « et que tu voies comment ils vont apprécier ».

Il y eut un long silence.

« D'accord, dit le Génie de l'Eau. Tu m'as eu jusqu'au trognon, marché conclu. En route mauvaise troupe, ouste, *vamos*. Je veux dire · si nous partons, *partons*. »

Haroun sentit son cœur lui tomber dans les orteils. « Tu veux dire, bégaya-t-il, tout de suite ?

— Tout de suite », dit Ssi. Haroun respira lentement, profondément.

« Très bien, alors, dit-il. Tout de suite. »

IV

UN SSI ET UN MMAIS

« Choisis un oiseau, ordonna le Génie de l'Eau. N'importe quel oiseau. » C'était embarrassant. « Le seul oiseau qu'il y a ici, c'est un paon de bois », fit remarquer Haroun, de façon tout à fait sensée. Ssi émit un bruit de dégoût. « On peut choisir ce qu'on ne peut pas voir », dit-il comme s'il expliquait quelque chose d'absolument évident à quelqu'un d'absolument stupide. « On peut citer le nom d'un oiseau même si l'oiseau n'est pas présent ni exact : corbeau, caille, colibri, bulbul, mainate, perroquet, milan. On peut même choisir un être volant de sa propre invention, un cheval ailé, par exemple, une tortue volante, une baleine aéroportée, un serpent de l'espace, une aérosouris. Donner à une chose un nom, une identification, un titre ; la sauver de l'anonymat, l'arracher du lieu sans nom, en un mot l'identifier — eh bien, c'est une façon de faire naître ladite chose. Ou, dans le cas présent, l'Oiseau ou l'Organisme Volant Imaginaire.

— C'est peut-être vrai là d'où tu viens, dit Haroun. Mais ici, les règles qui s'appliquent sont plus strictes.

— Ici, répliqua Ssi à la barbe bleue, un voleur de déconnecteur, qui ne veut pas croire dans ce qu'il ne voit pas, me fait perdre mon temps. Qu'est-ce que tu as vu, hein, petit voleur ? Est-ce que tu as vu l'Afrique ? Non ? Est-ce qu'elle existe vraiment ? Et les sous-marins ? Hein ? Et les grêlons, le base-ball, les pagodes ? Les mines d'or ? Les kangourous, le mont Fuji-Yama, le pôle Nord ? Et le passé, est-ce qu'il a eu lieu ? Et l'avenir, est-ce qu'il arrivera ? Ne crois que ce que voient tes yeux, et ce sera les ennuis, le pétrin, la pagaille. »

Sur ce, il plongea la main dans une poche de son pantalon-aubergine et quand il la ressortit, elle avait la forme d'un poing. « Regarde-moi ça, ou est-ce que je dois dire : couve des yeux ce qu'il y a là-dedans. » Il ouvrit la main ; et les yeux d'Haroun faillirent lui tomber de la tête.

De minuscules oiseaux marchaient sur la paume du Génie de l'Eau ; ils y picoraient et, en battant leurs ailes miniatures, ils s'élevaient juste au-dessus. Et il y avait aussi des créatures ailées fabuleuses venues des légendes : un lion assyrien avec une tête d'homme barbu et deux grandes ailes poilues qui lui sortaient des flancs ; des singes ailés, des soucoupes volantes, des anges minuscules, un poisson volant (qui, apparemment, respirait de l'air). « Qu'est-ce qui te plaît, sélectionne, choisis », le pressa Ssi. Il semblait évident à Haroun que ces créatures magiques étaient si petites qu'elles ne pouvaient guère transporter plus qu'une rognure d'ongle, et cependant il décida de ne pas discuter et indiqua un minuscule oiseau pourvu d'une crête qui le regardait du coin d'un œil extrêmement intelligent.

« Ainsi, nous avons la huppe », dit le Génie de

l'Eau, apparemment quelque peu impressionné. « Peut-être sais-tu, voleur de déconnecteur, que dans les anciennes histoires la huppe est l'oiseau qui conduit tous les autres oiseaux, à travers des endroits dangereux, jusqu'à leur but ultime. Bien, bien. Qui sait, jeune voleur, qui tu pourras devenir. Mais ce n'est pas l'heure des spéculations », conclut-il et là-dessus, il se précipita vers la fenêtre et lança la huppe minuscule dans la nuit.

« Pourquoi as-tu fait ça ? » chuchota Haroun, qui ne voulait pas réveiller son père ; et Ssi lui adressa son sourire méchant. « Une idée stupide, dit-il d'un air innocent. Un caprice, une toquade. Certainement pas parce que j'en sais plus que toi sur ces questions, mon cher, non. »

Haroun courut à la fenêtre et vit la huppe qui flottait sur le lac Morne, devenue grosse, aussi grande qu'un lit double, facilement assez grande pour qu'un Génie de l'Eau et un jeune garçon s'installent sur son dos.

« En route », chanta joyeusement Ssi, bien trop fort au goût d'Haroun ; puis le Génie de l'Eau sauta sur l'appui de la fenêtre et de là sur le dos de la huppe — et Haroun, en prenant à peine le temps de réfléchir à ce qu'il faisait, toujours vêtu de sa chemise de nuit rouge à taches violettes, et serrant fermement dans la main gauche l'outil à déconnecter, le suivit. Tandis qu'il s'installait derrière le Génie de l'Eau, la huppe tourna la tête pour l'examiner d'un œil critique mais (espéra Haroun) amical.

Puis ils décollèrent et s'envolèrent rapidement dans le ciel.

La force de l'accélération enfonçait Haroun dans les plumes confortables, épaisses et qui ressemblaient à des *poils*, sur le dos de la huppe, des plumes qui semblèrent se serrer autour d'Haroun pour le protéger pendant le vol. Il lui fallut quelques instants pour digérer le grand nombre de choses stupéfiantes qui avaient eu lieu si rapidement.

Bientôt, ils se déplacèrent à une telle vitesse que la terre au-dessous d'eux et le ciel au-dessus se mêlèrent, ce qui donna à Haroun la sensation qu'ils ne bougeaient plus du tout mais qu'ils flottaient simplement dans cet espace impossible et flou. « Quand le chauffeur de la voiture postale, Mmais, escaladait à toute vitesse les montagnes de M, j'ai eu la même impression de flotter, se souvint-il. À propos, cette huppe, avec sa crête de plumes, me rappelle ce vieux Mmais avec son toupet de cheveux dressé sur le sommet du crâne ! Et si les favoris de Mmais avaient quelque chose de la plume, les plumes de cette huppe — comme je l'ai remarqué quand on a décollé — ressemblent vraiment à des poils. »

Ils accélérèrent à nouveau et Haroun cria à l'oreille de Ssi : « Aucun oiseau ne peut voler aussi vite. C'est une machine ? »

La huppe le fixa de son œil étincelant. « Tu as quelque chose contre les machines ? » demanda-t-elle d'une voix forte et sonore qui était en tout point identique à celle du conducteur de la voiture postale. Et brusquement elle continua : « Mais, mais, mais tu m'as confié ta vie. Alors est-ce que je ne mérite pas un peu de respect de ta part ? Les machines aussi ont leur amour-propre. Pas la peine d'ouvrir une bouche comme ça, mon petit monsieur, je n'y peux rien si je te rappelle quelqu'un ; au moins, si c'est un conducteur, il aime une bonne machine qui va vite.

— Tu lis dans mes pensées », dit Haroun, d'un ton un peu accusateur, parce que ce n'était pas une sensation très agréable de voir ses ruminations personnelles captées par un oiseau mécanique. « Mais mais mais certainement, répondit la huppe. Je communique aussi avec toi par *télépathie*, parce que comme tu peux le voir je ne remue pas le bec, qui doit conserver sa configuration actuelle pour des raisons aérodynamiques.

— Comment fais-tu ça ? » demanda Haroun, et, rapide comme l'éclair d'une pensée, il obtint la réponse inévitable : « Par un S2TTCAE. Un Système De Transmission Trop Compliqué À Expliquer.

— J'abandonne, dit Haroun. De toute façon, est-ce que tu as un nom ?

— Le nom qui te plaira, répondit l'oiseau. Puis-je te suggérer, pour des raisons évidentes, Mmais ? »

Ce fut ainsi qu'Haroun Khalifa, le fils du conteur, vola dans le ciel nocturne sur le dos de Mmais la huppe, avec Ssi, le Génie de l'Eau, comme guide. Le soleil se leva ; et, au bout de quelque temps, Haroun distingua quelque chose au loin, un corps céleste comme un astéroïde. « C'est Kahani, la deuxième lune de la terre », dit la huppe sans remuer le bec.

« Mais mais mais », bégaya Haroun (au grand amusement de la huppe), « la terre n'a qu'une lune. Comment est-ce qu'un second satellite a pu rester inconnu si longtemps ?

— Mais mais mais c'est à cause de la vitesse », répondit Mmais la huppe. « La vitesse, la plus nécessaire des qualités ! Dans toutes les situations d'urgence — incendie, automobile, marine — qu'est-ce qu'on demande avant tout ? La vitesse, bien sûr : des voitures de pompiers, des ambulances, des navires de secours. Et qu'apprécie-t-on chez un type intelligent ? Est-ce que ce n'est pas la vitesse de la pensée ? Et la vitesse (du pied, de la main, de l'œil) est l'essence de n'importe quel sport ! Et ce que les hommes ne peuvent faire assez vite, ils construisent des machines pour l'exécuter plus rapidement. Vitesse, super-vitesse ! Sans la vitesse de la lumière, l'univers serait sombre et froid. Mais si la vitesse apporte la lumière pour révéler, on peut aussi l'utiliser pour dissimuler. La lune, Kahani, voyage si vite — merveille des merveilles ! — qu'aucun instrument terrestre ne peut la détecter ; son orbite varie aussi d'un degré par révolution, et en trois cent soixante révolutions elle a survolé tous les points de la terre. Le changement de conduite aide à échapper à toute détection. Mais cette modification d'orbite a aussi des buts très sérieux : les installations d'Eau aux Histoires doivent être approvisionnées sur toute la planète et de façon régulière. Vroum ! Varoum ! On ne peut le faire qu'à grande vitesse. Tu apprécies les avantages supplémentaires des machines ?

— Parce que la lune, Kahani, est mue par des moyens mécaniques ? » demanda Haroun, mais Mmais concentrait son attention sur des questions pratiques. « Approche de la lune », dit-elle sans remuer les lèvres. « Vitesse relative synchronisée. Début des procédures d'atterrissage. Amerrissage dans trente secondes, vingt-neuf secondes, vingt-huit secondes. »

Une étendue d'eau étincelante et apparemment

infinie se précipitait vers eux. La surface de Kahani semblait être — autant que les yeux d'Haroun pouvaient le voir — entièrement liquide. Et quelle eau ! Elle brillait partout de couleurs, de magnifiques orgies de couleurs, des couleurs comme Haroun n'aurait jamais pu en imaginer. Et il s'agissait à l'évidence d'un océan chaud ; Haroun voyait s'élever de la vapeur, de la vapeur qui étincelait dans la lumière du soleil. Il retint sa respiration.

« L'Océan des Courants d'Histoires », dit Ssi, le Génie de l'Eau, dont les favoris bleus se hérissaient d'orgueil. « Est-ce que ça ne valait pas la peine de venir si loin et si vite pour le voir ?

— Trois, dit Mmais la huppe, sans remuer le bec. Deux, un, zéro. »

*

Que d'eau, que d'eau partout ; et aucune trace de terre... « C'est un mensonge, s'écria Haroun. Il n'y a pas de ville de Gup, si je ne m'abuse. Et pas de Gup veut dire pas d'immeuble S2TTCAE, pas de Morse, et aucune raison d'être ici.

— Ne t'emballe pas, répondit le Génie de l'Eau. Calme-toi, ne sors pas de tes gonds, garde la tête froide. Les explications sont prévues, elles arrivent, si toutefois tu le permets.

— Mais nous sommes au milieu de nulle part, continua Haroun. Qu'est-ce que vous voulez que je fasse ici ?

— Pour être précis, nous sommes dans le grand nord de Kahani, répondit le Génie de l'Eau. Et cela nous permet de prendre un raccourci, d'éviter les démarches bureaucratiques, un moyen pour échapper à la paperasserie. C'est aussi un moyen, je le reconnais sincèrement, de régler nos petits différends sans avouer mon erreur aux autorités de Gup, la perte de mon outil à déconnecter et le chantage qui s'ensuivit imposé par celui qui me l'a barboté. Nous recherchons l'Eau des Vœux.

— Regarde si tu vois sur l'Océan des endroits où l'eau brille d'un éclat supérieur, ajouta Mmais, la huppe. C'est l'Eau des Vœux; si on l'utilise comme il faut, tes désirs peuvent se réaliser.

— Comme ça, personne à Gup ne sera jamais au courant poursuivit Ssi. Quand ton vœu sera réalisé, tu pourras me rendre mon outil, tu retourneras te coucher, fin de l'histoire. D'accord?

— Oh! très bien», dit Haroun, un peu méfiant et, il faut l'avouer, avec un peu de regret, parce qu'il avait espéré voir Gup et en apprendre plus sur le mystérieux Système De Transmission Trop Compliqué À Expliquer.

«Un type formidable, s'écria Ssi très soulagé. Un beau joueur, un vrai prince, aimé du peuple — Passez muscade! Eau des Vœux en vue!»

Mmais avança doucement vers la tache lumineuse que Ssi montrait énergiquement du doigt et s'arrêta sur le bord. L'Eau des Vœux émettait une lumière si éblouissante qu'Haroun dut détourner le regard. Puis Ssi, le Génie de l'Eau, plongea la main dans son gilet brodé d'or et en sortit un petit flacon de cristal aux nombreuses facettes taillées, avec un petit bouchon d'or. Il dévissa rapidement le bouchon, il plongea le flacon dans l'eau lumineuse (dont l'éclat était également doré); puis, revissant le bouchon, il passa prudemment le flacon à Haroun. «À vos marques, prêt, partez, dit-il. Voici ce que tu dois faire.»

Tel était le secret de l'Eau des Vœux : plus on désirait fortement, mieux elle marchait. « Alors, à toi de jouer, dit Ssi. Pas de blagues, fais les choses bien ; sois sérieux et l'Eau des Vœux te fera du sérieux. Et banco ! Ton plus profond désir sera à toi. »

Haroun s'assit à califourchon sur Mmais la huppe et regarda le flacon qu'il tenait dans ses mains. Une seule gorgée, et son père retrouverait le don perdu de Faconde ! « À la vôtre ! » s'écria-t-il courageusement ; il dévissa le bouchon ; et but une grande gorgée.

Maintenant, la lumière dorée était autour de lui et en lui aussi ; et tout restait très calme, comme si l'univers entier attendait ses ordres. Il commença à se concentrer sur ses pensées...

Il n'y arriva pas. S'il essayait de penser aux pouvoirs de conteur qu'avait perdus son père, à la résiliation de son abonnement à l'Eau aux Histoires, l'image de sa mère insistait pour prendre le pas et il se mettait à souhaiter son retour, pour que tout soit à nouveau comme avant... alors, le visage de son père revenait, et le suppliait, *fais seulement cette chose pour moi, mon garçon, seulement cette petite chose* ; puis sa mère revenait, et il ne savait plus quoi penser, quoi souhaiter — jusqu'à ce que dans une immense cacophonie, comme mille et une cordes de violon qui se cassent, l'éclat doré disparût et il se retrouva avec Ssi et la huppe à la surface de la Mer des Histoires.

« Onze minutes », dit le Génie d'un ton méprisant. « Seulement onze minutes et sa concentration s'arrête, Ka-bam, ka-blooey, ka-put. »

Haroun eut honte et baissa la tête.

« Mais mais mais c'est ignoble, Ssi », protesta Mmais la huppe sans remuer le bec. « Les souhaits ne sont pas des choses faciles comme tu le sais fort bien. Toi, monsieur le Génie de l'Eau, tu es malade à cause de ta propre erreur, parce que maintenant nous sommes obligés d'aller à Gup en fin de compte, et tu vas en entendre des vertes et des pas mûres et tu te rattrapes sur ce pauvre garçon. Ça suffit ! Sinon je vais me mettre en colère. »

(C'était vraiment une sorte de machine tout à fait passionnée et même prompte à s'émouvoir, se dit Haroun malgré tous ses malheurs. Les machines étaient censées être ultra-rationnelles, mais cet oiseau pouvait se montrer authentiquement capricieux.)

Ssi regarda le visage d'Haroun envahi par le rouge de l'humiliation et s'adoucit. « D'accord pour la ville de Gup, dit-il. À moins bien sûr que tu ne veuilles me rendre le déconnecteur et oublier toute l'affaire. »

Haroun secoua la tête, d'un air désespéré.

« Mais mais mais tu cherches encore à l'intimider, dit la huppe sur un ton de remontrance, sans remuer le bec. Change d'attitude, s'il te plaît, tout de suite ! Il faut entamer des procédures d'encouragement. Fais boire une histoire heureuse au garçon.

— Plus rien à boire, annonça Haroun d'une voix basse et faible. À quoi allez-vous me faire faire faux bond maintenant ? »

*

Et Ssi, le Génie de l'Eau, parla à Haroun de l'Océan des Courants d'Histoires, et même s'il se sentait rempli d'un sentiment d'échec et de désespoir, la magie de l'Océan commença à avoir un effet sur Haroun. Il regarda dans l'eau et vit qu'elle était composée de mille et mille et mille et un courants différents, chacun d'une couleur particulière, et qu'ils s'entrelaçaient les uns aux autres comme une tapisserie liquide d'une complexité époustouflante ; et Ssi expliqua qu'il s'agissait des Courants d'Histoires, que chaque fil de couleur représentait et contenait un conte unique. Différentes parties de l'Océan contenaient différentes sortes d'histoires et, comme on pouvait trouver là toutes les histoires qui avaient déjà été racontées et bien d'autres qu'on était encore en train d'inventer, l'Océan des Courants d'Histoires était en fait la plus grande bibliothèque de l'univers. Et parce que les histoires étaient conservées ici sous forme liquide, elles gardaient la possibilité de changer, de devenir de nouvelles versions d'elles-mêmes, de se joindre à d'autres histoires pour devenir encore de nouvelles histoires ; aussi, contrairement à une bibliothèque de livres, l'Océan des Courants d'Histoires ressemblait plus à une réserve de récits. Il n'était pas mort mais vivant.

« Et si tu es très, très prudent, ou très, très habile, tu peux plonger une tasse dans l'Océan », dit Ssi à Haroun, « comme ça », et il sortit une petite tasse d'or d'une autre poche de son gilet, « et tu peux la remplir de l'eau venant d'un courant unique et pur d'histoire, comme ça », et c'est ce qu'il fit exactement, « et tu peux l'offrir à un jeune garçon qui a le cafard afin que la magie de l'histoire lui remonte le moral. Vas-y ; cul sec, bois un bon coup, fais-toi plaisir, conclut Ssi. Rien de tel pour se sentir en pleine forme. »

Sans dire un mot, Haroun prit la tasse et but.

*

Il se retrouva dans un paysage qui ressemblait exactement à un immense échiquier. Sur chaque case noire, il y avait un monstre : des serpents à deux langues, des lions à trois rangées de dents, des chiens à quatre têtes, des démons à cinq têtes, etc. Il regardait, si l'on peut dire, par les yeux du jeune héros de l'histoire. C'était un peu comme d'être dans une voiture à la place du passager ; il n'avait qu'à regarder le héros exterminer les monstres les uns après les autres et avancer sur l'échiquier en direction de la tour de pierre blanche à l'autre bout. Au sommet de la tour, il y avait (quoi d'autre) une fenêtre unique par laquelle regardait (qui d'autre) une princesse captive. Ce que vivait Haroun, sans toutefois le savoir, c'était l'histoire de la princesse sauvée, numéro S/1001/ZHT/420/41(r)xi ; et parce que la princesse de cette histoire particulière s'était récemment fait couper les cheveux et que, par conséquent, elle n'avait plus de longues tresses à laisser pendre (contrairement à l'héroïne de l'histoire de la princesse sauvée G/1001/RIM/777/M(w)i, plus connue sous le nom de « Mélisande »), Haroun en tant que Héros dut escalader la tour en s'accrochant avec ses mains et ses pieds nus aux fissures qui se trouvaient entre les pierres.

Il était à mi-hauteur quand il remarqua que ses mains changeaient, devenaient poilues et perdaient leur forme humaine. Puis ses bras déchirèrent les manches de sa chemise et eux aussi étaient devenus poilus et incroyablement longs et leurs articulations ne se trouvaient plus aux bons endroits. Il baissa les yeux et vit qu'il lui arrivait la même chose aux jambes. Quand de nouveaux membres commencèrent à lui pousser sur les côtés, il comprit qu'il se transformait en monstre exactement comme ceux qu'il avait tués ; et il vit qu'au-dessus de lui la princesse portait la main à sa gorge et s'écriait d'une voix faible :

« Oh ! mon chéri, énorme araignée tu es devenu ! »

En tant qu'araignée, il put progresser rapidement vers le haut de la tour ; mais quand il atteignit la fenêtre, la princesse brandit un grand couteau de cuisine et se mit à lui taillader et à lui couper les pattes, en criant en rythme : « Va-t'en, araignée, retourne chez toi » ; et il sentit qu'il lâchait prise, puis elle réussit à lui couper net le bras le plus proche d'elle et il tomba.

*

Il entendit Ssi qui criait d'une voix anxieuse : « Réveille-toi, ouvre les yeux, reviens vers nous. » Il ouvrit les paupières et se retrouva allongé sur le dos de Mmais, la huppe. Ssi, assis à côté de lui, semblait très inquiet et assez déçu qu'Haroun ait continué à tenir fermement le déconnecteur.

« Que s'est-il passé ? demanda Ssi. Tu as sauvé la princesse et tu es parti dans le soleil couchant comme prévu, je pense ? Mais alors pourquoi ces lamentations, ces gémissements, pourquoi ces mouvements et cette agitation ? Tu n'aimes pas les histoires des princesses qu'on sauve ? »

Haroun raconta ce qui lui était arrivé dans l'histoire et Mmais et Ssi devinrent tous deux très graves. « Je ne peux pas le croire, finit par dire Ssi.

C'est vraiment la première fois, il n'y a aucun exemple semblable, pas depuis que je suis née.

— Je suis presque content de l'entendre, dit Haroun, parce que je pensais qu'il ne s'agissait pas de la méthode la plus intelligente pour me remonter le moral.

— C'est la pollution », dit le Génie de l'Eau, d'une voix solennelle. « Tu ne comprends pas ? Quelque chose ou quelqu'un a mis de la saleté dans l'Océan. Et manifestement si de la saleté entre dans les histoires, elles se détraquent. Huppe, je suis resté absent trop longtemps pendant mes tournées. S'il y a des traces de pollution ici, dans le grand nord, la situation doit approcher de la catastrophe à Gup. Vite, vite ! Fonçons ! Cela peut signifier la guerre !

— La guerre avec qui ? » voulut savoir Haroun.

Ssi et Mmais frissonnèrent à cause de quelque chose qui ressemblait beaucoup à la peur.

« Avec le pays de Chup, sur le versant obscur de Kahani », répondit Mmais, la huppe, sans remuer le bec. « Cela ressemble bien au chef des Chupwalas, le Maître du Culte de Bezaban.

— C'est qui ? » insista Haroun, qui commençait à souhaiter être resté dans son lit-paon au lieu de se mêler d'histoires de Génies de l'Eau, de déconnecteurs, de huppes mécaniques et parlantes et d'Océans d'Histoires dans le ciel.

« Son nom », murmura le Génie de l'Eau, et, tandis qu'il parlait, le ciel s'obscurcit un instant, « est Khattam-Shud. »

Au loin, un éclair raya brusquement l'horizon. Haroun sentit son sang se glacer.

V

CEUX DE GUP
ET CEUX DE CHUP

Haroun n'avait pas oublié ce que son père lui avait dit à propos de Khattam-Shud. « Trop de choses imaginaires deviennent vraies », pensa-t-il. Brusquement, Mmais la huppe répondit, sans remuer le bec : « Notre Kahani serait une drôle de lune à histoires, si l'on n'y trouvait pas partout des choses de livres d'histoires. » Et Haroun dut reconnaître qu'il s'agissait d'une remarque raisonnable.

Ils filaient au sud, vers Gup. La huppe avait choisi de rester sur l'eau et elle glissait comme un bateau à moteur, en lançant des embruns de courants d'histoires dans toutes les directions. « Est-ce que ça n'embrouille pas les histoires ? demanda Haroun. Toute cette agitation. Ça doit tout mélanger horriblement.

— Aucun problème ! cria Mmais la huppe. Toute histoire qui vaut quelque chose peut accepter d'être un peu secouée ! Vroum ! »

Haroun abandonna un sujet qui ne menait nulle part et il revint à des choses plus importantes. « Parle-moi encore de ce Khattam-Shud », demanda-t-il et il fut tout à fait stupéfait d'entendre Ssi prononcer les mots mêmes qu'avait employés Rachid Khalifa : « C'est l'ennemi juré de toutes les histoires et du langage lui-même. C'est le prince du Silence et l'adversaire de la Parole. Du moins », et ici le Génie de l'Eau abandonna le ton un peu pompeux des phrases précédentes, « c'est ce qu'ils disent. Quand il est allé au pays de Chup ainsi que son peuple, les Chupwalas, ce sont surtout des racontars et du boniment parce que ça fait des générations qu'aucun de chez nous n'a traversé la Bande de Crépuscule pour aller dans la Nuit Perpétucllc.

— Il faudra m'excuser, l'interrompit Haroun, mais je vais avoir besoin d'aide avec la géographie.

— Pfft, souffla Mmais la huppe. Une bien mauvaise instruction, je vois.

— C'est absolument illogique, répliqua Haroun. Tu t'es vanté de ce que la vitesse avait caché la lune aux habitants de la terre. Alors, il n'est pas raisonnable d'attendre qu'ils en connaissent la topographie, les principales exportations et le reste. »

Mais les yeux de Mmais étincelaient. Parler à des machines impliquait d'importantes difficultés, se dit Haroun. Avec leurs expressions de pince-sans-rire, il était impossible de savoir quand elles se payaient votre tête.

« Grâce au génie des Grosses Têtes dans l'immeuble S2TTCAE », commença Mmais qui eut pitié d'Haroun, « on a contrôlé la rotation de Kahani. Comme résultat, le pays de Gup est baigné par un soleil éternel tandis que dans le pays de Chup, c'est toujours le milieu de la nuit. Entre les deux s'étend la Bande de Crépuscule, dans laquelle, sur l'ordre du Grand Contrôleur, le peuple de Gup a construit il y a longtemps un mur de force indestructible (et invisible). Il s'appelle le mur de Bavardagy, comme notre roi, qui, bien sûr, n'a absolument rien à voir avec sa construction.

— Attends une minute. » Haroun fronçait les sourcils. « Si Kahani tourne autour de la terre et même si elle va effectivement très vite, il doit y avoir des moments où la terre se trouve entre elle et le soleil. Ainsi, il n'est pas vrai qu'une moitié est toujours éclairée ; tu me racontes encore des histoires.

— Naturellement, je raconte des histoires, répondit Mmais, la huppe. Et si tu as des objections présente-les au Morse. Maintenant, excuse-moi, je dois faire attention. La circulation a terriblement augmenté. »

*

Haroun avait encore des quantités de questions à poser — pourquoi les Chupwalas vivaient-ils dans la Nuit Éternelle ? Ne devait-il pas y faire très froid puisque le soleil n'y brillait jamais ? Qu'était Bezaban, qu'était un Maître du Culte, — mais, à l'évidence, ils s'approchaient de la ville de Gup parce que les eaux autour d'eux et le ciel au-dessus se remplissaient d'oiseaux mécaniques tout aussi chimériques que Mmais la huppe : des oiseaux à tête de serpent et à queue de paon, des poissons volants, des oiseaux-chiens. Et sur le dos de ces oiseaux, il y avait des Génies de l'Eau avec des favoris de toutes les nuances de bleu possibles, et tous portaient des turbans, des gilets brodés et des pantalons en forme d'aubergines, et ils ressemblaient tellement à Ssi qu'Haroun pensa que c'était une bonne chose que la couleur de leurs favoris soit suffisamment différente pour qu'on puisse les distinguer les uns des autres.

« Il s'est passé quelque chose de très grave, commenta Ssi. Toutes les unités ont été rappelées à la base. Si j'avais eu mon déconnecteur », ajouta-t-il sèchement, « j'aurais reçu l'ordre moi aussi parce que, comme les voleurs ne le savent évidemment pas, on a incorporé dans le manche un émetteur-récepteur de technologie avancée.

— Heureusement, répliqua Haroun aussi sèchement, depuis que tu m'as à moitié empoisonné avec cette histoire sale, tu as tout arrangé ; aussi, il n'y a pas de mal, sauf peut-être pour moi. »

Ssi ignora la remarque. Et de toute façon l'attention d'Haroun fut détournée par un immense carré de ce qui ressemblait à une sorte d'herbe ou de végétal particulièrement épais, qui filait juste à côté d'eux, aussi vite que Mmais la huppe mais sans effort apparent, en agitant en l'air des tentacules végétaux, d'une façon très inquiétante. Au centre de ce carré végétal mobile, il y avait une unique grappe de lilas avec des pétales épais et charnus d'une sorte qu'Haroun n'avait encore jamais vue. « Qu'est-ce que c'est que *ça* ? » demanda-t-il en montrant du doigt bien qu'il sût que cela était impoli.

« Un jardinier flottant, évidemment », dit Mmais, la huppe, sans remuer le bec. Cela n'avait aucun sens. « Tu veux dire un jardin flottant », corrigea Haroun. L'oiseau fit un petit bruit. « Tu crois tout savoir », dit-il mécontent. À cet instant, la végétation, filant à toute vitesse, se dressa littéralement sur l'eau et se mit à s'enrouler et à se nouer sur elle-même jusqu'à ce qu'elle eût pris à peu près la forme d'un homme, avec la fleur couleur lilas située dans la « tête », là où aurait dû se trouver la bouche, et un bouquet d'herbes formait un chapeau champêtre. « En fin de compte, c'est bien un jardinier flottant », reconnut Haroun.

À présent, le jardinier flottant courait légèrement sur la surface de l'eau et rien n'indiquait qu'il risquait de couler. « Comment pourrait-il couler ? » intervint Mmais la huppe. « Dans ce cas-là, ce serait un jardinier coulant. Mais comme tu peux l'observer, il flotte ; il court, il marche, il saute. Aucun problème. »

Ssi appela le jardinier qui tout de suite salua d'un petit signe de tête. « Vous avez un étranger avec vous. Étrange. Mais enfin. C'est votre affaire », dit-il. Il avait une voix aussi douce que des pétales de fleur (après tout, il parlait effectivement avec des lèvres de lilas), mais il avait des manières quelque peu brusques. « Je croyais que tous les habitants de Gup étaient des moulins à paroles », murmura Haroun à Ssi. « Mais ce jardinier ne parle pas beaucoup.

— Il a la langue bien pendue, répondit Ssi. En tout cas pour un jardinier.

— Comment vas-tu ? » cria Haroun au jardinier, en pensant que, puisqu'il était étranger, il devait faire le premier pas. « Qui es-tu ? » lui demanda le jardinier de sa voix douce mais brusque, sans ralentir son allure. Haroun lui dit son nom et le jardinier lui adressa un bref hochement de tête.

« Mali, dit-il. Jardinier de première classe.

— S'il te plaît, demanda Haroun de sa voix la plus charmante, que fait un jardinier flottant ?

— De la maintenance, répondit Mali. Nous démêlons les courants d'histoires entortillés. Nous les désenroulons. Nous désherbons. Du jardinage, quoi.

— Imagine l'Océan comme une chevelure, dit Mmais la huppe, en venant à son secours. Imagine qu'il est rempli de courants d'histoires comme une épaisse crinière est remplie de mèches souples et flottantes. Plus une chevelure est longue et épaisse, plus elle devient emmêlée et pleine de nœuds. On peut dire que les jardiniers flottants sont les coiffeurs de la Mer des Histoires. Ils brossent, ils nettoient, ils lavent, ils préparent. Maintenant, tu sais. »

Ssi demanda à Mali : « C'est quoi cette pollution ? Ça a commencé quand ? C'est grave ? »

Mali répondit aux questions à la suite. « Mortelle. Mais on n'en connaît pas encore la nature. Elle a commencé récemment, mais elle s'est étendue rapidement. Grave ? Très grave. On mettra peut-être des années avant de nettoyer certaines sortes d'histoires.

— Par exemple ? demanda Haroun.

— Certains romans populaires sont devenus de longues listes de courses. Les histoires pour enfants également. Par exemple, il y a une épidémie d'anecdotes d'hélicoptères parlants. »

Sur ce, Mali se tut et l'avancée vers Gup continua. Cependant, quelques minutes plus tard, Haroun entendit de nouvelles voix. Elles ressemblaient à des chœurs, beaucoup de voix parlant en même temps à l'unisson, et elles étaient pleines d'écume et de bulles. Finalement, Haroun vit qu'elles venaient de sous l'Océan. Il regarda dans l'eau et aperçut deux monstres marins effrayants, juste à côté de la huppe, qui nageaient si près de la surface qu'ils surfaient presque sur l'écume soulevée par Mmais qui fonçait.

D'après leur forme grossièrement triangulaire et leur couleur irisée, Haroun en déduisit qu'il s'agissait d'une espèce d'anges de mer, bien qu'ils soient aussi grands que des requins géants et qu'ils aient littéralement des douzaines de bouches réparties sur tout le corps. Ces bouches étaient continuellement au travail, elles aspiraient des courants d'histoires et les recrachaient, et ne s'arrêtaient que pour parler. À ce moment-là, Haroun remarqua que chaque bouche parlait avec sa propre voix mais que toutes les bouches du même poisson prononçaient des mots parfaitement synchronisés.

« Dépêchons ! Dépêchons ! Surtout ne traînons pas ! » glouglouta le premier poisson.

« L'Océan est souffrant ! Les soins n'attendent pas ! » poursuivit le second.

Mais Mmais la huppe se montra à nouveau assez aimable pour éclairer Haroun. « Ce sont des poissons polypanses, dit-elle. Ils tirent leur nom de ce que tu as sans doute remarqué, à savoir qu'ils possèdent des quantités de panses, c'est-à-dire de bouches. »

« Ainsi, pensa Haroun rempli d'étonnement, il y a vraiment des poissons polypanses dans la mer, exactement comme le disait l'arrogant Buttoo ; et j'ai fait un long voyage, exactement comme l'a dit mon père, et j'ai appris qu'un poisson polypanse pouvait être aussi un ange de mer. »

« Les poissons polypanses vont toujours par deux, ajouta Mmais, sans remuer le bec. Ils restent fidèles toute leur vie. Pour exprimer cette union parfaite ils ne parlent qu'en vers. »

Haroun ne trouvait pas ces deux poissons polypanses-là en bonne santé. Leurs bouches multiples crachotaient et toussaient fréquemment, et leurs yeux semblaient enflammés et roses. « Je ne suis pas spécialiste, leur cria Haroun, mais est-ce que vous allez bien ? »

Les réponses vinrent immédiatement, ponctuées de toussotements et de gargouillements.

« C'est cette puanteur et cette saleté !

— Nager dans l'Océan peut ruiner la santé !

— Appelle-moi Bagha ! Lui s'appelle Goopy !

— Excuse nos façons ! Nous nous sentons flapis !

— Nos gorges nous font mal et nos yeux sont chassieux !

— Nous te parlerons plus lorsque nous irons mieux.

— Comme tu l'as deviné, tous les habitants de Gup aiment parler », dit Ssi en aparté. « Le silence est souvent considéré comme une grossièreté. D'où les excuses des polypanses.

— Je trouve qu'ils me parlent correctement, répondit Haroun.

— Normalement, chaque bouche dit quelque chose de différent, expliqua Ssi. Cela produit beaucoup plus de bavardage. Pour eux, actuellement, c'est comme le silence.

— Alors que pour un jardinier flottant quelques phrases courtes passent pour du bavardage, soupira Haroun. Je ne crois pas que j'arriverai jamais à comprendre cette planète. Quel est le rôle des poissons ? »

Ssi répondit que les poissons polypanses étaient

ce qu'il appelait des « artistes de la faim, parce que quand ils ont faim, ils avalent des histoires par chaque bouche et des miracles ont lieu dans leurs entrailles ; un petit morceau d'une histoire se joint à une idée d'une autre, et presto, quand ils recrachent les histoires, ce ne sont plus de vieux contes mais des nouveaux. Rien ne se crée à partir de rien ; les nouvelles histoires naissent des anciennes — ce sont les nouvelles combinaisons qui les rendent nouvelles. Ainsi, tu vois, nos poissons polypanses artistes créent de nouvelles histoires dans leur système digestif — alors rends-toi compte à quel point ils doivent se sentir malades ! Toutes ces sagas infestées qui passent dans leurs entrailles, d'avant en arrière, de haut en bas, d'un côté à l'autre — pas étonnant qu'ils aient des ouïes vertes ! »

Les polypanses firent surface pour prononcer un autre couplet poussif.

« Les choses vont plus mal que vous ne le pensez.

— Et la Zone ancienne est la plus menacée ! »

En entendant cela, le Génie de l'Eau se donna une claque sur le front et faillit faire tomber son turban. « Quoi ? Quoi ? » Haroun voulait savoir ; et un Ssi encore plus inquiet lui expliqua à contrecœur que la Zone ancienne, dans la région du pôle Sud de Kahani, était un endroit où presque personne n'allait plus. Il y avait peu de demandes pour les vieilles histoires qui y coulaient. « Tu sais comment sont les gens, tout nouveau tout beau. Les vieux contes n'intéressent plus personne. » Aussi la Zone ancienne était tombée en désuétude ; mais on croyait que tous les courants d'histoires sortaient à l'origine d'un des courants qui coulaient vers le nord dans l'Océan depuis la Source, ou le Puits d'histoires, situé d'après la légende près du pôle Sud de la lune.

« Et si la Source elle-même est empoisonnée, qu'arrivera-t-il à l'Océan... à nous tous ? » Ssi gémissait presque. « Nous l'avons ignorée pendant trop longtemps, et maintenant nous allons le payer.

— Accrochez-vous à vos chapeaux ! » l'interrompit Mmais la huppe. « On serre les freins. La ville de Gup droit devant. Temps record ! Vra-vra vroum ! *Aucun problème.* »

« Il est étonnant de voir comment on s'habitue, et à quelle vitesse, se dit Haroun. Ce nouveau monde, ces nouveaux amis : je viens d'arriver et déjà ils ne me semblent plus inconnus. »

*

La ville de Gup n'était qu'agitation et activité. Des canaux la traversaient dans tous les sens — car la capitale du pays de Gup était construite sur un archipel composé de mille et une petites îles juste devant les côtes du continent — et aujourd'hui ces canaux étaient encombrés de bateaux de toute forme et de toute taille, sur lesquels s'entassaient des habitants de Gup, tous très divers mais qui avaient le même visage anxieux. Mmais la huppe, avec Mali d'un côté et Goopy et Bagha de l'autre, traversait (plus lentement maintenant) cette foule flottante, et se dirigeait, comme tout le monde, vers le Lagon.

Le Lagon, une magnifique étendue d'eaux multicolores, se trouvait entre l'archipel, où la plupart des habitants de Gup avaient construit leurs maisons de bois finement sculpté, avec des toits de tôle ondulée en argent et en or, et le continent, où un gigantesque jardin descendait en terrasses jusqu'au bord de l'eau. Dans ce jardin d'agrément il y avait des fontaines, des pavillons et de vieux arbres étendus, et tout autour se trouvaient les trois plus grands immeubles de Gup qui ressemblaient à trois glaces gigantesques et compliquées : le palais du roi Bavardagy avec son grand balcon surplombant le jardin ; à sa droite le parlement de Gup, connu sous le nom de *Moulin à Paroles* parce que les débats pouvaient s'y poursuivre pendant des semaines, des mois et même, parfois, des années à cause du goût des citoyens de Gup pour la parole ; et, à sa gauche, l'immeuble très haut du S2TTCAE qui contrôlait le Système De Transmission Trop Compliqué À Expliquer.

Mmais la huppe conduisit Ssi et Haroun jusqu'à l'escalier au bord de l'eau. Le jeune garçon et le Génie de l'Eau mirent pied à terre et se joignirent à la foule qui se pressait dans le jardin d'agrément, tandis que ceux des habitants de Gup qui préféraient l'eau (les jardiniers flottants, les poissons polypanses, les oiseaux mécaniques) restaient sur le Lagon. Dans le jardin d'agrément, Haroun remarqua de très nombreux habitants de Gup d'une extraordinaire maigreur, portant des vêtements entièrement rectangulaires, couverts d'écriture. Ssi lui dit : « Ce sont les célèbres Pages de Gup ; c'est-à-dire l'armée. Les armées ordinaires sont composées de pelotons, de régiments et de choses semblables ; nos Pages forment des chapitres, des volumes. Les volumes sont précédés de Pages de garde ou de titre ; et au-dessus, il y a le chef de toute la "Bibliothèque" —

c'est le nom que nous donnons à notre armée —, le général Kitab lui-même. »

« Au-dessus », c'était le balcon du palais de Gup, sur lequel se réunissaient en ce moment les dignitaires de la ville. Il était facile d'identifier le général Kitab, un vieux monsieur au visage tanné avec un uniforme rectangulaire fait de cuir finement ciselé, repoussé à l'or fin, comme Haroun en avait vu parfois sur les reliures de vieux livres de valeur. Puis il y avait le président du Moulin à Paroles, un gros type qui, en ce moment même, parlait à ses collègues sur le balcon sans qu'on puisse l'arrêter ; puis un monsieur petit et frêle avec des cheveux blancs, qui avait un étroit bandeau d'or autour de la tête et un air tragique. Il s'agissait sans doute du roi Bavardagy en personne. Haroun eut plus de mal à identifier les deux derniers personnages du balcon. Il y avait un jeune homme, extrêmement énervé, l'air fougueux mais qui lui parut un peu stupide (« le prince Bolo, le fiancé de la fille unique du roi Bavardagy, la princesse Batcheat », chuchota Ssi à l'oreille d'Haroun) ; et enfin, une personne à la tête absolument chauve, brillante et satinée, qui portait sur la lèvre supérieure une moustache d'une insignifiance décourageante ressemblant à un morceau de souris morte. « Il me rappelle l'arrogant Buttoo, murmura Haroun à Ssi. Ça ne fait rien... Tu ne connais pas. Mais qui est ce type ? »

Malgré son chuchotement, beaucoup de gens qui se pressaient dans le jardin d'agrément l'entendirent. Ils se retournèrent, incrédules, pour voir cet étranger à l'ignorance aussi extraordinaire (et dont la chemise de nuit n'était pas banale) et Haroun remarqua que parmi la foule se trouvaient quantité d'hommes et de femmes qui, comme l'homme du balcon, avaient la tête chauve, satinée et brillante. Ces gens portaient tous des blouses blanches de techniciens de laboratoire et étaient à l'évidence les Grosses Têtes de l'immeuble du S2TTCAE, les génies qui faisaient fonctionner les Machines De Transmission Trop Compliquées À Décrire (ou M2TTCAD) qui rendaient possible le S2TTCAE.

« Êtes-vous... » commença-t-il, mais ils l'interrompirent car, étant des Grosses Têtes, ils avaient l'esprit extrêmement vif.

« Nous sommes les Grosses Têtes », dirent-ils en la hochant, puis avec sur le visage un air qui disait *nous n'arrivons pas à croire que vous ignorez cela*, ils montrèrent le type au crâne luisant sur le balcon et dirent : « C'est le Morse.

— C'est *lui* le Morse ? s'écria Haroun stupéfait. Mais il n'a rien d'un morse ! Pourquoi est-ce que vous l'appelez comme ça ?

— À cause de son épaisse et abondante moustache de morse », répondit une des Grosses Têtes, et une autre ajouta d'une voix pleine d'admiration : « Regarde cette moustache ! Est-ce que ce n'est pas la plus belle ? Si *poilue*. Si soyeuse.

— Mais... » commença Haroun et il s'arrêta quand Ssi lui enfonça son coude dans les côtes. « Je suppose que si l'on est aussi glabre que ces Grosses Têtes, se dit-il silencieusement, même cette pauvre souris morte sur la lèvre du Morse doit apparaître comme la chose la plus extraordinaire qu'on ait jamais vue. »

Le roi Bavardagy leva la main : la foule se tut. (Un événement rare dans la ville de Gup.)

Le roi essaya de parler mais les mots lui manquèrent et, secouant la tête d'un air malheureux, il recula. Ce fut le prince Bolo qui se lança dans un discours impétueux. « Ils se sont emparés d'elle », s'écria-t-il de sa voix fougueuse et stupide. « Ma Batcheat, ma princesse. Les serviteurs du Maître du Culte l'ont enlevée il y a quelques heures. Les rustres, les ladres, les marauds, les canailles. Diantre ! Ils vont le payer. »

Le général Kitab continua l'histoire.

« Une vilaine affaire, zut alors ! Nous ne savons pas où elle se trouve, mais elle est vraisemblablement détenue dans la Citadelle de Chup, le château de glace de Khattam-Shud, dans la ville de Chup, au cœur de la Nuit Perpétuelle. Tonnerre de tonnerre ! Une vilaine affaire. Hum !

— Nous avons envoyé des messages au Maître du Culte, Khattam-Shud », continua le président du Moulin à Paroles. « Ces messages concernaient à la fois l'abominable poison injecté dans l'Océan des Courants d'Histoires et l'enlèvement de la princesse Batcheat. Nous avons exigé qu'il cesse la pollution et aussi qu'il nous rende, dans les sept heures, la dame kidnappée. Aucune de nos demandes n'a reçu de réponse. Je dois donc vous informer qu'un état de guerre existe maintenant entre les pays de Gup et de Chup.

— C'est une question d'extrême urgence, annonça le Morse à la foule. Les poisons, qui se répandent très vite, vont détruire tout l'Océan si l'on ne fait rien pour attaquer le problème à la racine.

— Sauvez l'Océan ! cria la foule.

— Sauvez Batcheat ! » hurla le prince Bolo. Cela troubla la foule pendant quelques instants, puis, avec bonne volonté, elle changea de slogan :

« Pour Batcheat et pour l'Océan ! » cria la foule, et le prince Bolo eut l'air satisfait.

Ssi le Génie de l'Eau prit son air le plus triomphant. « Bien, maintenant c'est la guerre, jeune voleur », dit-il d'une voix où se mêlaient l'ironie et le regret. « Cela signifie que personne dans l'immeuble S2TTCAE n'aura de temps à consacrer à ta petite requête. Tu peux aussi bien me rendre mon déconnecteur ; alors, qu'est-ce que tu en dis, je te ramènerai chez toi pour rien, gratuitement ! Il n'y a pas de solution plus juste ! »

Haroun serra le déconnecteur de toutes ses forces et avança la lèvre inférieure d'un air de révolte. « Pas de Morse, pas de déconnecteur, dit-il. C'est à prendre ou à laisser. »

Ssi sembla se résigner philosophiquement. « Prends un chocolat », dit-il et il sortit d'une des nombreuses poches de son gilet une énorme barre du chocolat préféré d'Haroun. Haroun se rendit compte qu'il mourait de faim et il accepta. « Je ne savais pas que vous en fabriquiez sur Kahani, dit-il.

— Nous n'en fabriquons pas, répondit Ssi. Sur Kahani, la production alimentaire est uniquement de base. Pour les choses savoureuses ou d'un luxe affreux, nous devons aller sur terre.

— Ainsi, c'est d'ici que viennent les Objets Volants Non Identifiés, s'étonna Haroun. Et voilà ce qu'ils recherchent : de quoi manger. »

À ce moment, il y eut de l'agitation sur le balcon. Le prince Bolo et le général Kitab disparurent pendant quelques instants puis ils revinrent annoncer que des patrouilles de Gup, qui avaient pénétré dans la région bordant la Bande de Crépuscule à la recherche de renseignements sur l'endroit où était détenue la princesse Batcheat, avaient arrêté un étranger — un individu extrêmement suspect, incapable d'expliquer de façon satisfaisante qui il était ni ce qu'il faisait dans la Bande. « Je vais interroger cet espion moi-même, devant vous ! » hurla Bolo, et le général Kitab, quelque peu embarrassé par cette idée, ne discuta pas. Un groupe de quatre Pages amena un homme sur le balcon, un homme vêtu d'une longue chemise de nuit bleue, les mains attachées dans le dos et un sac sur la tête.

Quand on ôta le sac, Haroun ouvrit la bouche et la barre de chocolat, qu'il n'avait pas fini de manger, lui tomba des mains.

L'homme qui se tenait en tremblant sur le balcon du palais, entre le prince Bolo et le général Kitab, était le père d'Haroun, Rachid Khalifa le conteur, le malheureux Shah de Bla.

VI

L'HISTOIRE DE L'ESPION

La capture de l'espion qui venait de la terre créa un frémissement d'horreur dans le jardin d'agrément ; et quand il se définit comme « un simple conteur, abonné depuis fort longtemps à votre service d'Eaux aux Histoires », l'indignation générale ne fit que croître. Haroun commença à se frayer un peu brutalement un passage dans la foule. Beaucoup d'yeux considéraient avec méfiance ce second terrien vêtu lui aussi d'une chemise de nuit, qui poussait et bousculait les gens et qui semblait bouleversé. Haroun monta les sept terrasses du jardin d'agrément en se dirigeant vers le balcon du palais ; et en chemin, il entendit ce que murmuraient de nombreux habitants de Gup : « Un de nos abonnés ! — Comment a-t-il pu nous trahir et aider les Chupwalas ? — Cette pauvre princesse Batcheat ! — Qu'a-t-elle jamais fait de mal, à part chanter si faux que nous en avions presque les tympans crevés ? — Et elle n'est pas non plus très belle à voir, mais ce n'est pas une raison. — La vérité, c'est qu'on ne peut pas faire confiance à ces terriens. » Haroun, dont la colère montait à chaque instant, bousculait la foule encore plus durement. Ssi, le Génie de l'Eau, le suivait en criant : « Attends, la patience est une vertu, il n'y a pas le feu. » Mais Haroun ne voulait pas s'arrêter.

« Que font les habitants de Gup aux espions ? » hurla-t-il méchamment à Ssi. « Je suppose que vous leur arrachez les ongles un par un jusqu'à ce qu'ils parlent. Est-ce que vous les tuez lentement, en les faisant souffrir, ou rapidement, avec un million de volts, sur une chaise électrique ? » Le Génie de l'Eau (et les autres habitants de Gup qui entendirent cet éclat) eut l'air horrifié et offensé. « Où as-tu vu des gens aussi assoiffés de sang ? s'écria Ssi. C'est absurde, indigne, je n'ai jamais entendu de choses semblables.

— Alors ? Quoi ? insista Haroun.

— Je ne sais pas », dit Ssi haletant en s'efforçant de rester à la hauteur du jeune garçon qui fonçait. « Nous n'avons jamais attrapé d'espion. On devrait peut-être le gronder. Ou le mettre au coin. Ou lui faire recopier mille et une fois *Je ne dois pas espionner*. C'est peut-être trop sévère ? »

Haroun ne répondit pas parce qu'ils étaient enfin arrivés sous le balcon du palais. À la place, il cria aussi fort qu'il put : « Papa ! Qu'est-ce que tu fais là ? »

Chaque habitant de Gup le regarda stupéfait et Rachid Khalifa (qui tremblait toujours de froid) n'eut pas l'air moins surpris. « Oh ! mon Dieu ! dit-il en secouant la tête. Haroun. Tu nous réserves de sacrées surprises.

— Ce n'est pas un espion, hurla Haroun. C'est mon père et tout ce qu'on peut lui reprocher, c'est d'avoir perdu le don de Faconde.

— C'est vrai, reconnut Rachid d'un air sombre

entre ses dents qui claquaient. Vas-y, te gêne pas, dis-le à tous, diffuse-le au monde entier. »

*

Le prince Bolo envoya une de ses Pages escorter Haroun et Ssi dans les appartements royaux, au cœur du palais. Cette Page, qui n'avait pas l'air plus âgé qu'Haroun, dit s'appeler « Babilbouche », ce qui, à Gup, se trouvait être un nom courant aussi bien pour les filles que pour les garçons. Babilbouche portait une tunique rectangulaire réglementaire sur laquelle Haroun lut le texte d'une histoire intitulée « Bolo et la Toison d'or ». « C'est curieux, se dit-il. Je croyais que cette histoire avait un autre héros. »

Tout en marchant dans le dédale des couloirs du palais royal de Gup, Haroun remarqua de nombreuses autres Pages de la Garde Royale vêtues d'histoires dont la moitié était connue. Une Page portait le conte de « Bolo et la lampe merveilleuse » ; une autre « Bolo et les quarante voleurs ». Il y avait aussi « Bolo le marin », « Bolo et Juliette », « Bolo au pays des merveilles ». Tout cela était déconcertant, mais quand Haroun interrogea Babilbouche sur les histoires des uniformes, la Page se contenta de répondre : « Ce n'est pas le moment de parler de problèmes de mode. Les dignitaires de Gup attendent pour vous interroger, toi et ton père. » Cependant, Haroun eut l'impression que sa question avait embarrassé Babilbouche dont le visage avait visiblement rougi. « D'accord, se dit Haroun. Chaque chose en son temps. »

Dans la salle du trône du palais, Rachid le

conteur d'histoires contait son histoire au prince Bolo, au général Kitab, au président du Moulin à Paroles et au Morse. (Le roi Bavardagy s'était retiré. Il ne se sentait pas bien parce qu'il s'inquiétait trop pour la princesse Batcheat.) Rachid était enveloppé dans une couverture et il avait les pieds dans une cuvette d'eau. « Vous vous demandez comment je suis arrivé à Gup, dit-il en buvant un bol de soupe. C'est grâce à un régime alimentaire particulier. »

Haroun semblait ne pas en croire ses oreilles, mais les autres écoutaient attentivement. « Comme je souffre d'insomnie, continua Rachid, j'ai appris que certaines nourritures, correctement préparées, a) provoquent le sommeil, mais aussi b) transportent le dormeur là où il veut. C'est un système connu sous le nom d'Extase. Et avec suffisamment d'adresse, une personne peut choisir de s'éveiller là où le rêve l'emporte ; c'est-à-dire s'éveiller *dans le rêve*. Je voulais aller à Gup mais à cause d'une légère erreur de calcul, je me suis réveillé dans la Bande de Crépuscule, vêtu de cette chemise de nuit pas du tout adaptée ; et j'ai gelé, je l'avoue sans détour, j'ai failli mourir gelé.

Quels sont ces aliments ? » demanda le Morse d'une voix où perçait l'intérêt. Rachid s'était suffisamment ressaisi pour prendre son visage aux sourcils mystérieux et répondre : « Ah, mais vous devez me laisser mes petits secrets. Disons des baies de lune, des queues de comète, des anneaux de planètes, arrosés d'un peu de soupe originelle. À propos, conclut-il d'un ton très différent, cette soupe est excellente. »

« S'ils croient cette histoire, se dit Haroun, ils croiront n'importe quoi. Maintenant, ils vont sans doute perdre leur calme et le passer à tabac. » Mais en réalité, le prince Bolo éclata d'un rire bruyant, fougueux et stupide, et donna une grande claque dans le dos de Rachid Khalifa qui en recracha sa soupe. « De l'esprit et le sens de l'aventure, dit-il. Bravo ! Tu me plais, mon ami ! » Et il se donna une claque sur la cuisse.

« Comme ces habitants de Gup sont crédules, pensa Haroun. Et gentils, aussi. Ssi aurait pu se battre avec moi pour récupérer son déconnecteur, mais il n'a pas tenté de le reprendre, même pas quand j'étais évanoui. Et s'ils ne condamnent un espion qu'à mille et une lignes, alors il n'y pas de peuple plus pacifique. Mais s'ils doivent faire la guerre, que va-t-il se passer ? Ce sera sans espoir, une cause perdue... » Et à ce moment ses pensées s'arrêtèrent, car il était sur le point d'ajouter, *Khattam-Shud*.

« Dans la Bande de Crépuscule, disait Rachid Khalifa, j'ai vu de vilaines choses, et j'en ai entendu d'encore pires. Il y a un camp de l'armée des Chupwalas. Des tentes noires enveloppées d'un silence fanatique ! — Parce que les rumeurs qui vous sont parvenues sont vraies : le pays de Chup est tombé sous la loi du “Mystère de Bezaban”, un culte du silence ou du mutisme, dont les fidèles font vœu de silence pendant toute leur vie pour prouver leur dévotion. Oui ; en me déplaçant furtivement entre les tentes des Chupwalas, voici ce que j'ai appris. Autrefois, le Maître du Culte, Khattam-Shud, ne prêchait la haine que contre les histoires, l'imagination et les rêves ; mais aujourd'hui, il est devenu plus sévère et il s'oppose à la Parole quelle qu'en soit la raison. Dans la ville de Chup, on a fermé les écoles, les tribunaux et les théâtres car ils ne peuvent plus fonctionner sous les lois du Silence. Et j'ai entendu dire que certains fanatiques du Mystère tombent dans de véritables délires et se cousent les lèvres avec de la grosse ficelle. Et ils meurent lentement de faim et de soif, en se sacrifiant par amour pour Bezaban...

— Mais qui (ou quoi) est ce Bezaban ? s'écria Haroun. Vous êtes peut-être tous au courant, mais moi, je n'en ai pas la moindre idée.

— Bezaban est une idole gigantesque, dit Rachid à son fils. C'est un colosse sculpté dans de la glace noire, qui se dresse au cœur du palais fortifié de Khattam-Shud, la Citadelle de Chup. On dit que cette idole n'a pas de langue mais qu'elle a un sourire effrayant qui lui découvre les dents, grandes comme des maisons.

— Je crois que j'aurais préféré ne pas poser ma question, dit Haroun.

— Des soldats de Chup allaient et venaient dans ce crépuscule ténébreux, dit Rachid, reprenant le fil de son histoire. Ils portaient de longs manteaux et dans leur remous, j'apercevais parfois l'éclat assourdi et cruel d'une dague. Mais, messieurs, vous connaissez tous les histoires concernant Chup ! — qu'il s'agit d'un lieu de ténèbres, de livres fermés de cadenas et de langues arrachées ; de complots et de bagues à poison. Pourquoi aurais-je dû attendre près de ce camp horrible ? Les pieds nus, bleus de froid, j'ai marché vers la lumière lointaine sur l'horizon. En marchant, je suis arrivé au mur de Bavardagy, le Mur de Force ; eh bien, messieurs, il est en très mauvais état. Il y a beaucoup de trous et on peut facilement le traverser. Les Chupwalas sont déjà au courant — je les ai vus franchir le mur —, j'ai vu l'enlèvement de la princesse Batcheat de mes propres yeux.

— Qu'est-ce que tu dis ? » hurla Bolo, en sautant sur ses pieds et en prenant une pose fougueuse et stupide. « Pourquoi as-tu attendu si longtemps avant de nous le dire ? Vas-y ! Continue ! Je t'en prie, continue ! » (Quand Bolo parlait ainsi, les autres dignitaires semblaient tous vaguement gênés et détournaient le regard.)

« Je me frayais difficilement un passage dans l'enchevêtrement d'épines, vers le bord de l'Océan, continua Rachid, quand s'approcha une barque-cygne d'or et d'argent. Dedans, il y avait une jeune fille avec de très longs cheveux, qui portait un bandeau d'or et qui chantait, excusez-moi, la chanson la plus horrible que j'aie jamais entendue. En outre, ses dents, son nez...

— Inutile de continuer, l'interrompit le président du Moulin à Paroles. C'était bien Batcheat.

— Batcheat ! Batcheat ! se lamenta Bolo. Entendrai-je encore ta voix si douce, ou contemplerai-je à nouveau ton délicieux visage ?

— Que faisait-elle là ? demanda le Morse. Ce sont des régions dangereuses. »

À ce moment-là, Ssi, le Génie de l'Eau, s'éclaircit la voix. « Messieurs, dit-il, peut-être l'ignorez-vous, mais les jeunes gens de Gup vont effectivement dans la Bande de Crépuscule de temps en temps, c'est-à-dire souvent, c'est-à-dire très fréquemment. Vivant toujours au soleil, ils veulent voir les étoiles, la terre, l'autre lune qui brille dans le ciel. C'est un peu téméraire. Mais ils pensaient que le mur de Bavardagy les protégeait toujours. L'obscurité, messieurs, a ses fascinations : le mystère, l'inconnu, l'amour...

— L'amour ? cria le prince Bolo, en dégainant son épée. Infect Génie de l'Eau ! Tu veux que je te transperce ? Tu oses insinuer que ma Batcheat allait là-bas pour... l'amour ?

— Non, non, cria Ssi paniqué. Mille excuses, je retire ce que j'ai dit, je ne pensais pas à mal.

— N'aie aucune crainte sur ce point », intervint rapidement Rachid pour rassurer le prince Bolo qui lentement, très lentement, remit son épée au fourreau. « Elle était avec ses servantes et personne d'autre. Elles riaient à propos du mur de Bavardagy, elles voulaient aller le toucher. Je l'ai entendue dire : "Je veux savoir de quoi elle a l'air, cette chose célèbre et invisible. Si l'œil ne peut la voir, peut-être le doigt peut-il la toucher, la langue la goûter." Juste à ce moment-là, un groupe de Chupwalas que ni Batcheat, ni moi, n'avions vus et qui avaient observé la princesse depuis les buissons d'épines, après être passés tout simplement par un trou du mur, s'emparèrent des dames et les emportèrent vers les tentes de Chup alors qu'elles donnaient des coups de pied et poussaient des cris.

— Quelle sorte d'homme es-tu, ricana grossièrement le prince Bolo, pour être resté caché, et pour n'avoir rien tenté afin de les arracher à un tel sort ? »

Cette dernière remarque du prince eut l'air de peiner le Morse, le président et le général. Haroun, lui, rougit de fureur. « Ce prince... comment ose-t-il ? murmura-t-il violemment à Ssi. S'il n'avait pas cette épée, je... je...

— Je sais, lui répondit le Génie de l'Eau. Les princes peuvent se conduire ainsi. Mais ne t'inquiète pas. Nous ne le laissons pas vraiment faire quelque chose d'important ici.

— Qu'aurais-tu préféré ? répondit Rachid à Bolo avec une grande dignité. Que sans armes, vêtu d'une chemise de nuit et à demi mort de froid, je jaillisse de ma cachette comme un imbécile romantique pour me faire capturer ou tuer ? Dans ce cas, qui vous aurait apporté ces nouvelles — qui aurait pu maintenant vous montrer le chemin vers le camp des Chupwalas ? Sois un héros si tu le veux, prince Bolo ; certains préfèrent le bon sens à l'héroïsme.

— Tu devrais l'excuser, prince Bolo », murmura le président et, avec un air fanfaron et maussade, le prince Bolo finit par s'exécuter. « J'ai été trop brusque, dit-il. Nous te sommes reconnaissants, je t'assure, pour ces nouvelles.

— Encore une chose, dit Rachid. Quand les soldats chupwalas emportaient la princesse, je les ai entendus dire quelque chose de terrible.

— Quelle chose ? hurla Bolo, en sautant sur place. S'ils l'ont insultée...

— "La grande fête de Bezaban aura lieu bientôt", a dit l'un d'eux. "Pourquoi, ce jour-là, ne pas offrir cette princesse de Gup en sacrifice à notre idole ? Nous allons lui coudre les lèvres et la rebaptiser la Princesse Muette — la Princesse Kamosh." Puis ils rirent. »

Un immense silence s'abattit sur la salle du trône. Et, bien sûr, ce fut Bolo qui parla le premier. « Il n'y a pas une seconde à perdre ! Réunissez l'armée — toutes les Pages, tous les chapitres, tous les volumes ! — En guerre, en guerre ! Pour Batcheat !

— Pour Batcheat et pour l'Océan, lui rappela le Morse.

— Oui, oui, dit le prince mécontent. L'Océan aussi ; naturellement, bien sûr, parfait.

— Si vous le voulez, proposa Rachid le conteur, je vous conduirai aux tentes des Chupwalas.

— Brave homme ! » cria Bolo, en lui donnant à nouveau une grande claque dans le dos. « Je me suis mal conduit envers toi ; tu es un champion.

— Si tu t'en vas, dit Haroun à son père, ne crois pas que je vais rester ici. »

*

Le jour infini de Gup donnait à Haroun l'étrange impression que le temps était suspendu, et cependant il se sentait épuisé. Il découvrit qu'il ne pouvait pas résister au lent affaissement de ses paupières ; puis son corps fut possédé par un bâillement si magnifique qu'il attira l'attention de toutes les personnes présentes dans cette auguste salle du trône. Rachid Khalifa demanda si l'on pouvait donner un lit à Haroun pour la nuit ; et ainsi, malgré ses protestations (« Je n'ai absolument pas envie de dormir... je vous assure, absolument pas »), on l'expédia se coucher. On demanda à Babilbouche de le conduire dans sa chambre.

Babilbouche et Haroun enfilèrent des couloirs, montèrent des escaliers, en descendirent d'autres, suivirent d'autres couloirs, passèrent des portes, tournèrent des coins, entrèrent dans des cours, en ressortirent, traversèrent des balcons et reprirent encore des couloirs. Tout en marchant, Babilbouche (qui ne semblait pas capable de se taire plus longtemps) se lança dans une longue tirade anti-Batcheat. « Cette espèce d'imbécile, dit Babilbouche. Si *ma* fiancée se faisait kidnapper parce qu'elle était assez bête pour aller dans la Bande de Crépuscule, simplement pour rêvasser sous les étoiles dans le ciel et même pire, pour toucher ce mur stupide, nom de nom, ne t'imagine pas que je déclencherais une guerre pour la récupérer ; je dirais bon débarras, en particulier pour son nez, pour ses dents, mais inutile d'entrer dans les détails et je n'ai même pas signalé sa façon de chanter, tu ne croirais jamais à quel point c'est horrible, et au lieu de la laisser pourrir là-bas, nous voilà partis pour la rechercher et nous allons probablement nous faire tuer parce que nous ne verrons rien dans l'obscurité.

— Est-ce que nous arrivons bientôt à ma chambre ? demanda Haroun. Parce que je ne sais pas combien je peux encore en endurer.

— Et ces uniformes, tu voulais qu'on te parle des uniformes. » Babilbouche ignora sa remarque et continua sur sa lancée dans des salles, des escaliers en colimaçon et sur des passerelles. « Eh bien, d'après toi, qui en a eu l'idée ? Elle, évidemment, Batcheat, c'est elle qui a décidé de "prendre en main la garde-robe des Pages de la Maison Royale", de nous transformer en lettres d'amour ambulantes, ce fut sa première idée, et après une éternité de ma-petite-puce, de mon-petit-chéri, et autres textes à vomir, elle changea d'idée et elle fit réécrire toutes les grandes histoires du monde comme si Bolo en était le héros. Maintenant, au lieu d'Aladin, d'Ali Baba et de Sindbad, c'est Bolo, Bolo, Bolo, tu te rends compte, les gens de Gup nous rient au nez, sans parler de ce qu'ils font dans notre dos. »

Puis avec un sourire triomphant, Babilbouche s'arrêta devant une porte très imposante et déclara : « Ta chambre » ; là-dessus, les portes s'ouvrirent, des gardes les saisirent par l'oreille et leur dirent de continuer leur chemin avant qu'on les jette dans un cul-de-basse-fosse parce qu'ils se trouvaient à la porte de la chambre du roi Bavardagy lui-même.

« Nous nous sommes perdus, hein ? dit Haroun.

— C'cst un palais compliqué et nous nous sommes un peu perdus, reconnut Babilbouche. Mais est-ce que nous n'avons pas eu un merveilleux brin de causette ? »

Cette remarque exaspéra tellement Haroun que, dans son épuisement, il lança son bras fatigué vers la tête de Babilbouche et, la prenant par surprise, il fit tomber le bonnet de velours brun qu'elle portait sur la tête... *Elle* parce qu'au moment où le bonnet tomba un torrent de cheveux noirs et brillants glissa en cascade sur les épaules de Babilbouche. « Pourquoi as-tu fait ça ? se lamenta la Page. Tu as tout gâché.

— Tu es une fille, remarqua Haroun, en énonçant une évidence.

— Chut, souffla Babilbouche en remettant ses cheveux sous son bonnet. Tu veux me faire renvoyer ou quoi ? » Elle entraîna Haroun dans une alcôve et tira un rideau. « Tu crois que c'est facile pour une fille d'obtenir un travail comme ça ? Tu ne sais pas que les filles doivent tromper tout le monde tous les jours de leur vie si elles veulent aller quelque part ? On t'a sans doute offert ta vie sur un plateau, tu es sans doute né la bouche pleine de cuillers en argent, mais certaines d'entre nous doivent se battre.

— Tu veux dire que parce que tu es une fille, tu n'as pas le droit d'être Page ? demanda Haroun endormi.

— Je suppose que tu ne fais que ce qu'on te dit. Je suppose que tu termines toujours tout ce qu'il y a dans ton assiette, même le chou-fleur. Je suppose...

— En tout cas, je peux faire quelque chose de très simple comme de montrer à quelqu'un où est sa chambre », l'interrompit Haroun. Babilbouche lui fit un grand sourire espiègle. « Je suppose que tu vas toujours au lit quand on te le dit. Et que ça ne t'intéresse absolument pas de monter sur le toit du palais par le passage secret qui se trouve ici. »

Et ainsi, quand Babilbouche eut poussé le bouton dissimulé dans un panneau de bois très finement sculpté fixé sur l'un des murs courbes de l'alcôve, et quand ils eurent gravi l'escalier qui apparut quand le panneau glissa, Haroun s'assit sur le toit du palais dans ce qui, bien sûr, était encore un soleil éblouissant, et il contempla le pays de Gup, le jardin d'agrément dans lequel se poursuivaient les préparatifs de guerre, le Lagon sur lequel se réunissait une grande flottille d'oiseaux mécaniques et l'Océan des Courants d'Histoires menacé. Haroun se rendit brusquement compte qu'il ne s'était jamais senti aussi vivant de toute sa vie, même s'il était sur le point de tomber de fatigue. Et à ce moment-là, sans un mot, Babilbouche sortit trois balles de soie d'or d'une de ses poches, les lança en l'air pour qu'elles prennent la lumière du soleil, et se mit à jongler.

Elle jongla derrière son dos, par-dessus et par-dessous sa jambe, les yeux fermés et allongée sur le sol, tandis qu'Haroun restait muet d'admiration ; et, à chaque fois qu'elle avait lancé toutes ses balles en l'air, elle plongeait la main dans ses poches pour en sortir d'autres, jusqu'à ce qu'elle jongle avec neuf, dix, onze balles d'or. Et à chaque fois qu'Haroun se disait : « Elle ne peut pas les garder toutes en l'air », elle ajoutait encore d'autres sphères à sa galaxie tourbillonnante de soleil doux et soyeux.

Haroun s'aperçut que, lorsque Babilbouche jonglait, cela lui rappelait les plus grandes représentations données par son père, Rachid Khalifa, le Shah de Bla. Il retrouva assez de voix pour dire : « J'ai toujours pensé que l'art du conteur ressemblait à celui du jongleur. On lance de nombreuses histoires différentes en l'air et on jongle avec elles, et, si l'on est adroit, on n'en laisse tomber aucune. Ainsi, jongler est peut-être aussi une façon de conter. »

Babilbouche haussa les épaules, rattrapa toutes ses balles d'or et les remit dans ses poches. « Je n'en sais rien, dit-elle. Je voulais simplement que tu saches à qui tu avais affaire. »

*

Haroun s'éveilla plusieurs heures plus tard, dans une pièce obscure (ils avaient finalement trouvé sa chambre après avoir demandé à une autre Page de les aider, et il s'était endormi cinq secondes après que Babilbouche eut tiré les lourds rideaux et lui eut souhaité bonne nuit).

Quelqu'un était assis sur sa poitrine ; quelqu'un posait les mains autour de sa gorge et serrait.

C'était Babilbouche. « Debout paresseux », chuchota-t-elle d'une voix menaçante. « Mais si tu parles de moi à quelqu'un, alors la prochaine fois que tu dormiras, je ne m'arrêterai pas de serrer ; tu es peut-être un bon garçon mais je peux être une fille très méchante.

— Je ne dirai rien, je te le promets, » répondit Haroun en cherchant à respirer, et Babilbouche relâcha son étreinte en souriant. « Très bien, jeune Khalifa, dit-elle. Maintenant, lève-toi avant que je te vide du lit. C'est l'heure du rapport. Il y a une armée dans le jardin d'agrément, prête à marcher sur Chup. »

VII

DANS LA BANDE DE CRÉPUSCULE

« Me voilà encore une fois embarqué dans une histoire de princesse sauvée, se dit Haroun en bâillant. Je me demande si celle-ci se termine mal, elle aussi. » Il n'eut pas le temps de se le demander très longtemps. « À propos, annonça Babilbouche d'un air détaché, à la demande expresse d'un certain Génie de l'Eau, j'ai pris la petite liberté d'enlever de sous ton oreiller le déconnecteur que tu avais volé sans même un : avec-votre-permission. »

Haroun, consterné, fouilla son lit comme un fou ; mais le déconnecteur avait disparu et avec lui le moyen d'obtenir un entretien avec le Morse afin de renouveler l'abonnement de Rachid à l'Eau aux Histoires...

« Je te considérais comme mon amie », lui dit-il sur un ton d'accusation. Babilbouche haussa les épaules. « Ton plan est totalement dépassé, répondit-elle. Ssi m'a tout raconté ; mais ton père est ici en personne maintenant, il peut bien résoudre ses propres problèmes.

— Tu ne comprends pas, dit tristement Haroun. Je voulais faire ça pour lui. »

Une sonnerie de trompettes monta du jardin d'agrément. Haroun sauta du lit et courut jusqu'à la fenêtre. En bas, dans le jardin, il y avait une grande agitation, ou un bruissement, de Pages. Des centaines et des centaines de personnes très maigres en uniformes rectangulaires, avec le même bruissement que du papier (un peu plus fort seulement), couraient dans le jardin, dans un grand désordre, en discutant sur la façon de s'aligner, en criant « Je suis avant toi ! » — « Ne sois pas ridicule, ça n'aurait plus aucun sens, il est évident que je dois me trouver devant toi... »

Toutes les Pages étaient numérotées, remarqua Haroun, aussi il aurait dû être facile de décider de l'ordre. Il l'expliqua à Babilbouche qui répondit : « Les choses ne sont pas aussi simples que dans le monde réel, monsieur. Il y a beaucoup de Pages qui portent le même numéro ; aussi elles doivent trouver à quels chapitres elles appartiennent, dans quel volume, et ainsi de suite. Il y a aussi de nombreuses erreurs dans les uniformes, alors de toute façon leur nombre est complètement faux. »

Haroun regarda les Pages qui jouaient des coudes, qui discutaient, qui brandissaient le poing, qui se faisaient des croche-pieds, et qui ne réussissaient qu'à faire preuve de maladresse, et il remarqua : « Ça ne me semble pas être une armée très disciplinée.

— Il ne faut pas juger un livre à sa couverture », répondit vivement Babilbouche et (un peu mécontente) elle déclara qu'elle ne pouvait pas attendre Haroun plus longtemps car elle était déjà en retard ; et, bien sûr, Haroun dut courir derrière elle, toujours dans sa chemise de nuit rouge avec les taches violettes, sans avoir eu le temps de se brosser les dents ou les cheveux, ni de lui montrer les nombreuses erreurs de son raisonnement. Tandis qu'ils couraient dans des couloirs, en montant des escaliers, en les redescendant, en parcourant des galeries, en entrant dans des cours, en ressortant, en enfilant d'autres couloirs, Haroun dit en haletant : « Tout d'abord, je ne "jugeais pas un livre à sa couverture", comme tu l'as dit, parce que je voyais toutes les Pages et, en second lieu, ce n'est pas le "monde réel", pas du tout.

— Oh, non ? répliqua Babilbouche. C'est le problème avec vous, les types des villes tristes : un endroit a besoin d'être misérable, sinistre comme un égout pour que vous le trouviez réel.

— Veux-tu me faire plaisir ? haleta Haroun. Demande le chemin à quelqu'un. »

*

Quand ils arrivèrent dans le jardin, l'armée de Gup — ou « Bibliothèque » — avait terminé l'« assemblage et la pagination » — c'est-à-dire qu'elle s'était rangée en bon ordre — ce qu'Haroun avait observé depuis la fenêtre de sa chambre. « À plus tard », haleta Babilbouche et elle fila en direction des Pages royales avec leur bonnet de velours brun, debout près du prince Bolo qui caracolait et se pavanait, de façon fougueuse (et un peu stupide) sur son cheval mécanique volant.

Haroun n'eut aucune peine à distinguer Rachid. Manifestement, son père avait trop dormi lui aussi et, comme Haroun, il avait les cheveux ébouriffés et ne portait qu'une chemise de nuit bleue, froissée et sale.

Près de Rachid Khalifa, dans un petit pavillon plein de fontaines — et faisant de grands gestes joyeux en direction d'Haroun, le déconnecteur à la main — se tenait le Génie de l'Eau à barbe bleue, Ssi.

Haroun s'élança et arriva près d'eux juste à temps. « ... un grand honneur de vous rencontrer, disait Ssi. En particulier parce que je n'ai plus à vous appeler le père d'un petit voleur. » Rachid fronça un sourcil stupéfait au moment où Haroun arriva et ce dernier dit rapidement : « Je t'expliquerai plus tard », puis il lança un tel regard à Ssi que même lui fut réduit au silence. Pour changer de sujet, Haroun ajouta : « Papa, tu n'as pas envie de rencontrer mes autres nouveaux amis — je veux dire, ceux qui sont vraiment intéressants ? »

*

« Pour Batcheat et l'Océan ! »

Les forces de Gup étaient prêtes à partir. Les Pages avaient pris place dans les oiseaux-barges qui les attendaient sur le Lagon ; les jardiniers flottants et les poissons polypanses étaient prêts eux aussi ; les Génies de l'Eau, à cheval sur leurs différentes machines volantes, caressaient leurs favoris avec impatience. Rachid Khalifa monta sur Mmais la huppe, derrière Ssi et Haroun. Mali, Goopy et Bagha se tenaient à côté d'eux. Haroun leur présenta son père ; puis, avec un grand cri, ils s'élancèrent.

« Quelle bêtise de ne pas nous être habillés plus judicieusement ! se lamenta Rachid. Dans ces chemises de nuit, nous allons être transformés en blocs de glace en quelques heures.

— Heureusement, dit le Génie de l'Eau, j'ai apporté du pelliculage. Si vous me dites gentiment s'il te plaît et merci, je vous en donnerai.

— S'il te plaît et merci », lança rapidement Haroun.

Les pelliculages étaient des vêtements fins et transparents, aussi brillants que des ailes de libellule. Haroun et Rachid enfilèrent de longues chemises de cette matière par-dessus leur chemise de nuit ainsi que de longues jambières. À leur grand étonnement les pelliculages adhéraient si étroitement à leur chemise et à leurs jambes qu'ils semblaient avoir disparu. Haroun distinguait simplement sur ses vêtements et sur sa peau un léger brillant qui ne s'y trouvait pas auparavant.

« Vous ne sentirez plus le froid », leur promit Ssi.

Ils avaient quitté le Lagon et la ville de Gup diminuait derrière eux ; Mmais la huppe allait à la même allure que les autres oiseaux mécaniques, et de l'écume volait autour d'eux. « Comme la vie peut changer, s'émerveilla Haroun. Il y a seulement une semaine, j'étais un petit garçon qui n'avait jamais vu de neige et maintenant me voici, fonçant vers un désert de glace sur lequel le soleil ne brille jamais, vêtu de ma seule chemise de nuit avec une matière transparente et étrange comme unique protection contre le froid. C'est vraiment faire feu de tout bois.

— Ridicule, dit Mmais la huppe qui avait lu les pensées d'Haroun. C'est faire glace de toute eau.

— Incroyable, s'écria Rachid. Il parle sans remuer le bec. »

*

L'armada de Gup était déjà très avancée. Lentement, Haroun prit conscience de ce qui commença comme un faible bourdonnement pour s'élever jusqu'à un murmure sourd et finir en vacarme assourdissant. Il lui fallut quelque temps pour se rendre compte qu'il s'agissait du bruit des soldats de Gup engagés dans des conversations et des débats sans fin de plus en plus animés. « Le son porte sur l'eau », se souvint-il, mais une telle quantité de bruit aurait porté au loin même sur un désert aride et sec. Les Génies de l'Eau, les jardiniers flottants, les poissons polypanses et les Pages discutaient bruyamment pour et contre la stratégie dans laquelle ils étaient engagés.

Goopy et Bagha étaient aussi diserts sur le sujet que tous les polypanses et leurs cris glougloutants de mécontentement devenaient de plus en plus forts au fur et à mesure qu'ils s'approchaient de la Bande de Crépuscule et du pays de Chup :

« Sauver Batcheat ! Dieu quelle idée !

— C'est l'Océan qu'il faut sauver !

— Tel est le plan à appliquer...

— ... Trouver la source empoisonnée !

— L'Océan, capital en soi...

— ... Vaut mieux que la fille d'un roi. »

Haroun fut quelque peu choqué. « Cela ressemble à des paroles de mutin », dit-il et Ssi, Goopy, Bagha et Mali trouvèrent cette idée très intéressante. « Qu'est-ce qu'un mutin ? » demanda Ssi, avec curiosité. « Est-ce une plante ? » voulut savoir Mali.

« Vous ne comprenez pas, essaya d'expliquer Haroun. C'est un substantif.

— Absurde, dit le Génie de l'Eau. Un substantif ne parle pas.

— On dit bien que l'argent parle, se retrouva en train de dire Haroun (toutes ces discussions autour de lui devenaient contagieuses), alors pourquoi pas les substantifs ? Et pourquoi pas n'importe quoi ? »

Tout le monde se tut pendant quelques instants maussades, puis ils revinrent à la question du jour : que fallait-il sauver de Batcheat ou de l'Océan ? Mais Rachid Khalifa fit un clin d'œil à Haroun, et il se sentit un peu moins blessé.

Les bruits de querelles échauffées venaient des oiseaux-barges : « Je dis qu'aller rechercher Batcheat, c'est vraiment courir après la chimère ! » — « Oui, d'autant qu'elle ressemble à une chimère. » — « Comment oses-tu, coquin ? Nous parlons de notre princesse bien-aimée ; la merveilleuse fiancée de notre estimé prince Bolo ! » — « Merveilleuse ? Vous avez oublié sa voix, son nez, ses dents... ? » — D'accord, d'accord. Inutile d'entrer dans les détails. » Haroun remarqua que le vieux général Kitab lui-même, monté sur un cheval mécanique ailé semblable à celui de Bolo, allait d'oiseau-barge en oiseau-barge pour participer aux différentes discussions ; et telle était la liberté, à l'évidence permise aux Pages et autres citoyens de Gup, que le vieux général semblait parfaitement heureux d'entendre sans ciller ces tirades d'insultes et d'insubordination. En fait, Haroun avait l'impression que très souvent le vieux général provoquait vraiment les disputes, puis il y participait avec une allégresse enthousiaste, se mettant parfois d'un côté et, l'instant d'après (simplement pour le plaisir), il soutenait l'autre point de vue.

« Quelle armée ! » se dit Haroun d'un air rêveur. « Si tous les soldats se conduisaient ainsi sur la terre, ils passeraient vite en cour martiale. »

« Mais mais mais à quoi sert de donner aux gens la liberté de parole, déclama Mmais la huppe, si vous ajoutez qu'ils ne doivent pas l'utiliser ? Et la liberté de parole n'est-elle pas le plus grand des pouvoirs ? Alors elle doit être pleinement exercée.

— On l'exerce pleinement aujourd'hui, répondit Haroun. Je ne crois pas que vous, les citoyens de Gup, vous soyez capables de garder un secret pour sauver votre vie.

— Cependant, pour sauver nos vies, nous pouvons dire des secrets, répliqua Ssi. Moi, par exemple, je connais un grand nombre de secrets succulents et intéressants.

— Moi aussi, dit Mmais la huppe, sans remuer le bec. On commence ?

— Non, répondit Haroun sèchement. Nous ne commençons pas. » À côté de lui, Rachid semblait ravi. « Oui, oui, oui, jeune Haroun Khalifa, gloussa-t-il, tu t'es certainement fait des amis sacrément amusants. »

Ainsi l'armée de Gup avançait-elle gaiement, et tous ses membres disséquaient les plans de bataille les plus secrets du général Kitab (qu'il révélait évidemment à tous ceux qui prenaient la peine de l'interroger). Ces plans étaient examinés, expliqués, explicités, expertisés, mâchés, ruminés, vantés, dénigrés et enfin, après d'interminables disputes, acceptés. Et quand Rachid Khalifa, qui commençait à douter autant qu'Haroun du bien-fondé de tant de discussions, osa mettre en cause la sagesse de la méthode, alors Ssi, Mmais, Mali, Goopy et Bagha se mirent à discuter de cette question avec tout autant de passion et d'énergie.

Seul le prince Bolo se tenait à l'écart. Le prince Bolo traversait le ciel sur son destrier volant mécanique à la tête des forces de Gup, sans rien dire, sans regarder ni à droite ni à gauche, les yeux fixés sur la ligne bleue de l'horizon. Pour lui, il n'y avait pas de discussion possible ; Batcheat passait en premier ; la question ne se posait même pas.

« Comment se fait-il, demanda Haroun, que Bolo soit si décidé alors que chaque citoyen de Gup dans cette armée semble passer son temps à se faire une idée sur tout. »

Ce fut Mali, le jardinier flottant, qui marchait à grands pas sur l'eau à côté de lui, qui lui répondit de sa voix fleurie par ses lèvres charnues de lilas.

« C'est l'amour, dit Mali. C'est uniquement par amour. C'est une chose merveilleuse qui rend plein de fougue. Mais parfois aussi un peu stupide »

*

La lumière baissa lentement, puis plus rapidement. Ils entraient dans la Bande de Crépuscule.

En regardant au loin, là où les ombres se réunissaient comme une nuée d'orage, Haroun sentit son courage faiblir. « Avec notre absurde armada, se désespéra-t-il, comment pourrons-nous jamais réussir dans ce monde, où il n'y a même pas de lumière pour voir l'ennemi ? » Plus ils s'approchaient des côtes du pays de Chup, plus l'attente de l'armée chupwala devint grande. Haroun était maintenant sûr qu'il s'agissait d'une mission suicide ; ils allaient être vaincus, Batcheat périrait, l'Océan serait irréparablement détruit et toutes les histoires arriveraient à leur fin définitive. Maintenant le ciel était obscur et pourpre et répondait à son humeur fataliste.

« Mais mais mais ne prends donc pas ça au sérieux, lui dit gentiment Mmais la huppe. Tu souffres d'une Ombre au cœur. Cela arrive à la plupart des gens la première fois qu'ils voient la Bande de Crépuscule et l'obscurité qui se trouve au-delà. Moi, bien sûr, je n'en souffre pas puisque je n'ai pas de cœur : un autre avantage, soit dit en passant, d'être une machine. Mais mais mais ne t'inquiète pas. Tu vas t'acclimater. Ça va passer.

— Si on regarde le bon côté des choses, ajouta Rachid Khalifa, ces pelliculages marchent. Je ne sens absolument pas le froid. »

*

Goopy et Bagha toussaient et crachaient de plus en plus. La côte de Chup était en vue et il s'agissait d'une chose sinistre ; dans cette zone côtière, l'eau de l'Océan des Courants d'Histoires était dans le plus grand état de saleté qu'Haroun avait vu jusqu'alors. Les poisons avaient eu pour effet d'étouffer les couleurs des courants d'histoires, et de les rapprocher du gris ; et c'était dans les couleurs que se trouvaient les meilleurs éléments des histoires de ces courants : leur vigueur, leur légèreté et leur vivacité. Aussi la perte de couleur représentait un dommage terrible. Pire cependant, dans la région l'Océan avait perdu l'essentiel de sa chaleur. Les eaux ne fournissaient plus cette vapeur douce et pénétrante qui remplissait de rêves extraordinaires ; elles étaient froides et, en outre, gluantes.

Le poison refroidissait l'Océan.

Goopy et Bagha prirent peur :

« Si cela continue (hic, toux), que va-t-il arriver ?

— Si cela continue (toux, hic), l'Océan va geler ! »

Puis ce fut le moment de poser le pied sur le rivage de Chup.

Sur ces côtes crépusculaires, aucun oiseau ne chantait. Aucun vent ne soufflait. Aucune voix ne parlait. Le pied heurtant un galet ne faisait pas de bruit, comme si les pierres avaient été enrobées dans un matériau étouffant les sons. L'air sentait le renfermé et la puanteur. Des buissons d'épines étaient groupés autour de troncs à l'écorce blanche d'arbres sans feuilles, des arbres qui ressemblaient à des fantômes de saules. Les nombreuses ombres semblaient vivantes. Cependant l'armée de Gup ne fut pas attaquée quand elle débarqua : pas d'escarmouches sur les galets. Pas d'archers cachés dans les buissons. Tout n'était qu'immobilité et froideur. Le silence et l'obscurité semblaient attendre leur heure.

« Plus ils nous entraînent dans l'obscurité, plus l'inattendu est en leur faveur », dit Rachid d'une voix triste. « Et ils savent que nous allons venir parce qu'ils détiennent Batcheat. »

« Je croyais que l'amour pouvait tout conquérir, pensa Haroun, mais aujourd'hui on dirait qu'il va nous transformer en singes — ou en viande hachée — tous autant que nous sommes. »

On établit une tête de pont et on dressa des tentes pour faire le premier camp de Gup. Le général Kitab et le prince Bolo envoyèrent Babilbouche chercher Rachid Khalifa. Haroun, ravi de revoir la Page, accompagna son père. « Conteur, cria Bolo, d'un ton de bravache, l'heure est venue de nous conduire aux tentes des Chupwalas. De grandes choses nous attendent ! La libération de Batcheat ne peut être reportée ! »

Haroun et Babilbouche, avec le général, le prince et le Shah de Bla, se glissèrent furtivement entre les buissons d'épines, et partirent en éclaireurs dans le voisinage ; au bout d'un moment, Rachid s'arrêta et tendit le doigt, sans dire un mot.

Devant eux, il y avait un espace dégagé entre les arbres, et dans cette clairière sans feuilles se tenait un homme qui ressemblait presque à une ombre, avec à la main une épée à la lame aussi noire que la nuit. L'homme était seul mais il ne cessait de se tourner, de sauter, de donner des coups de pied et de frapper avec son épée, comme s'il luttait contre un adversaire invisible. Puis, en s'approchant, Haroun vit que l'homme luttait vraiment contre son ombre ; qui, en retour, luttait avec une férocité, une attention et une habileté égales.

« Regardez, murmura Haroun, les mouvements de l'ombre ne correspondent pas à ceux de l'homme. » Rachid le fit taire d'un regard, mais son fils avait dit la vérité : manifestement, l'ombre possédait une volonté propre. Elle esquivait et évitait, elle s'étirait jusqu'à devenir aussi longue qu'une ombre projetée par les derniers rayons du soleil couchant, puis elle se regroupait de façon aussi compacte qu'une ombre à midi quand le soleil est perpendiculaire. Son épée s'allongeait et se raccourcissait, son corps se tordait et se modifiait constamment. Comment vaincre un tel adversaire ? se demanda Haroun.

L'ombre tenait au guerrier par les pieds mais, pour le reste, elle semblait entièrement libre. C'était comme si sa vie dans un pays de ténèbres, son existence d'ombre cachée parmi les ombres, lui avaient donné des pouvoirs dont n'avaient pu rêver les ombres d'un monde éclairé de façon conventionnelle. Le spectacle terrifiait.

Le guerrier avait lui aussi une silhouette saisissante. Ses longs cheveux luisants attachés en queue de cheval lui descendaient jusqu'à la taille. Il avait le visage peint en vert, avec des lèvres rouges, des yeux et des sourcils noirs agrandis et des raies blanches sur les joues. Sa tenue de guerre encombrante, faite de gardes de cuir, de jambières et d'épaulettes épaisses, le faisait paraître plus imposant qu'il n'était en réalité. Sa force physique et sa connaissance de l'escrime dépassaient tout ce qu'avait vu Haroun. Quelles que fussent les ruses que lui jouait son ombre, le guerrier rivalisait avec elle. Et tandis qu'ils combattaient, pied à pied, Haroun commença à voir leur lutte comme une danse d'une beauté et d'une grâce immenses, une danse exécutée dans un silence parfait parce que la musique était jouée dans la tête des danseurs.

Puis il aperçut les yeux du guerrier et un frisson glacé lui transperça le cœur. Quels yeux terrifiants ! Au lieu de blancs, ils avaient des noirs ; les iris étaient gris comme le crépuscule et les pupilles blanches comme du lait. « Pas étonnant que les Chupwalas aiment l'obscurité », comprit Haroun. « Au soleil, ils doivent être aveugles comme des chauves-souris, car ils ont les yeux à l'envers, comme un négatif qu'on a oublié de tirer. »

Tandis qu'il observait la danse martiale du guerrier de l'ombre, Haroun pensa à l'étrange aventure dans laquelle il était embarqué. « Combien de contraires sont en guerre dans cette bataille entre Gup et Chup ! s'étonna-t-il. Gup est lumineux, Chup est obscur. Gup est chaud, Chup d'un froid glacé. Gup n'est que bavardage et bruit, Chup silencieux comme une ombre. Les habitants de Gup aiment l'Océan, ceux de Chup essaient de l'empoisonner. Les habitants de Gup aiment les histoires et la parole ; ceux de Chup apparemment haïssent tout cela. » C'était une guerre entre l'amour (de l'Océan et de la princesse) et la mort (ce que le Maître du Culte, Khattam-Shud, avait en tête pour l'Océan et pour la princesse).

« Mais ce n'est pas si simple », se dit-il, parce que la danse du guerrier de l'ombre lui montrait que le silence avait sa grâce et sa beauté (tout comme la parole pouvait être inélégante et laide) ; et que l'action pouvait être aussi noble que les mots ; et que les créatures des ténèbres pouvaient être aussi belles que les enfants de la lumière. « Si les habitants de Gup et de Chup ne se haïssaient pas tant, se dit-il, ils pourraient se trouver les uns les autres très intéressants. Les contraires s'attirent, comme on dit. »

Juste à ce moment-là, le guerrier de l'ombre se raidit ; il tourna ses yeux étranges vers le buisson derrière lequel le groupe de Gup se cachait ; et il lança son ombre qui s'étira dans leur direction. Elle se cabra au-dessus d'eux en dressant son épée immensément allongée. Le guerrier de l'ombre (rengainant son épée, ce qui resta sans effet sur son ombre) s'avança lentement vers leur cachette. Il agitait les mains furieusement dans quelque chose qui ressemblait à une danse de haine ou de rage. Les mouvements de ses mains devinrent de plus en plus rapides, de plus en plus énergiques ; puis, dans ce qui pouvait être du dégoût, il laissa retomber ses mains et (horreur) se mit à parler.

VIII

LES GUERRIERS DE L'OMBRE

L'effort nécessaire pour produire des sons tordit le visage déjà saisissant (la peau verte, les lèvres rouges, les joues rayées de blanc, etc.) du guerrier de l'ombre, dans des formes contractées et effrayantes. « Gogogol », gargouilla-t-il. « Kafkafka », crachota-t-il.

« Hein ? Qu'est-ce que c'est ? Qu'est-ce qu'il dit ? » demanda bruyamment le prince Bolo. « Impossible de distinguer un traître mot.

— Quel poseur, ce Bolo, souffla Babilbouche à Haroun. Il fait le mariole et l'impertinent parce qu'il s'imagine qu'ainsi on ne croira plus qu'il est mort de trouille. »

Haroun se demanda pourquoi Babilbouche restait au service du prince Bolo alors qu'elle avait une si piètre opinion du monsieur ; mais il se tut en partie parce qu'il ne voulait pas qu'elle lui dise, à lui, quelque chose de cinglant et de méprisant ; en partie parce qu'elle commençait à lui plaire, ce qui faisait qu'il était d'accord avec tout ce qu'elle disait ; mais principalement parce que au-dessus d'eux il y avait une ombre géante avec une énorme épée dressée, et tout près un guerrier qui grognait et qui postillonnait, en un mot parce que ce n'était pas le moment de bavarder.

« Si, comme on le dit, les gens du pays de Chup ne parlent pratiquement plus de nos jours, à cause des décrets du Maître du Culte, alors pas étonnant que ce guerrier ait temporairement perdu le contrôle de sa voix », expliqua Rachid Khalifa au prince Bolo qui ne sembla pas impressionné.

« C'est vraiment dommage, dit-il. Je n'arrive pas à comprendre pourquoi des gens ne parlent pas normalement. »

Le guerrier de l'ombre, ignorant le prince, fit d'autres mouvements rapides des mains en direction de Rachid et réussit à croasser quelques mots. « Meurtre, dit-il. Port l'Habit noya.

— C'est donc un meurtre qu'il a en tête », s'écria Bolo en mettant la main sur la poignée de son épée. « Eh bien, il trouvera à qui parler, je le lui promets.

— Bolo, dit le général Kitab, zut alors, veux-tu rester tranquille ? Ce guerrier essaie de nous dire quelque chose. »

Le mouvement des mains du guerrier de l'ombre devint agité et un peu désespéré : il tourna les doigts dans différentes positions, tint les mains à des angles différents, montra différentes parties de son corps et répéta d'une voix rauque : « Meur-tre, meur-tre. Port l'habit noya. »

Rachid Khalifa se donna une claque sur le front. « J'ai compris, s'exclama-t-il. Quel imbécile je fais ! Il nous parle couramment depuis le début.

— Ne sois pas ridicule, l'interrompit le prince Bolo. Tu appelles ces grognements "parler couramment" ?

— Ce sont les mouvements des mains », répondit Rachid en manifestant une très grande retenue à l'égard des inepties de Bolo. « Il emploie le langage par gestes. Quant à ce qu'il a dit, ce n'est pas "Meurtre" mais MUDRA. C'est son nom. Il a essayé de se présenter ! *Mudra. Parle abhinaya.* Voilà ce qu'il a dit. "Abhinaya", c'est le nom du plus ancien langage par gestes, et il se trouve que je le connais. »

Mudra et son ombre commencèrent à hocher énergiquement la tête. L'ombre remit son épée au fourreau et se lança dans le langage par gestes aussi rapidement que Mudra lui-même. Rachid fut obligé de leur demander : « Attendez. Un seul à la fois, s'il vous plaît. Et lentement ; je ne pratique plus cet exercice depuis fort longtemps et vous allez trop vite pour moi. »

Après avoir « écouté » quelques instants les mains de Mudra et de son ombre, Rachid s'adressa au général Kitab et au prince Bolo, avec un sourire. « Ne vous inquiétez pas, dit-il. Mudra est un ami. C'est aussi une heureuse rencontre car nous avons ici rien moins que le plus grand guerrier de Chup que la plupart des Chupwalas considèrent comme le second en autorité après le Maître du Culte, Khattam-Shud lui-même.

— Si c'est le numéro deux de KhattamShud, s'écria le prince Bolo, alors nous avons vraiment de la chance. Saisissez-vous de lui, mettez-lui des chaînes, et allez dire au Maître du Culte que nous ne le libérerons que s'il nous rend Batcheat saine et sauve.

— Et que proposes-tu pour le capturer ? lui demanda doucement le général Kitab. Je ne crois pas qu'il ait envie d'être capturé, tu sais.

— Écoute-moi, s'il te plaît, lui dit Rachid.

Mudra n'est plus un allié du Maître du Culte. La cruauté et le fanatisme grandissants de l'idole de glace sans langue Bezaban l'ont dégoûté et il a rompu toute relation avec Khattam-Shud. Il est venu ici, dans ce désert crépusculaire, pour réfléchir à ce qu'il allait faire ensuite. Si vous le voulez, je peux vous traduire l'abhinaya. »

Le général Kitab fit oui de la tête et Mudra commença à « parler ». Haroun remarqua que le langage par gestes n'impliquait pas seulement les mains. La position des pieds avait aussi de l'importance, ainsi que les mouvements des yeux. En outre, Mudra possédait un degré de contrôle phénoménal sur chacun des muscles de son visage peint en vert. Il pouvait remarquablement contracter ou faire vibrer de petits morceaux de son visage ; et cela entrait aussi dans sa façon de « parler », dans son abhinaya.

« Ne croyez pas que tous les Chupwalas suivent Khattam-Shud ni qu'ils adorent son Bezaban », dit Mudra de sa façon silencieuse et dansante (et Rachid traduisait ses « mots » en langage ordinaire). « Ils sont simplement terrifiés par les grands pouvoirs de sorcellerie du Maître du Culte. Mais s'il est vaincu, la plupart des gens de Chup viendront vers moi ; bien que mon ombre et moi nous soyons des guerriers, nous sommes en faveur de la paix.

Ce fut au tour de l'ombre de parler. « Vous devez comprendre qu'au pays de Chup, on considère les ombres comme les égales des gens à qui elles sont attachées », dit-elle (et Rachid traduisit à nouveau). « Les Chupwalas vivent dans l'obscurité, vous savez, et dans l'obscurité, une ombre n'a pas toujours une seule forme. Certaines ombres

— telle moi-même — apprennent à se transformer, simplement en le désirant. Vous imaginez les avantages ! Si une ombre n'aime pas la façon de s'habiller ou de se coiffer de la personne à laquelle elle est attachée, elle peut tout simplement choisir son propre style ! L'ombre d'un Chupwala peut être élégante comme une danseuse même si son propriétaire est empoté comme un balourd. Vous comprenez ? En plus : au pays de Chup, une ombre a souvent une personnalité plus forte que la personne ou l'être ou la substance à qui ou à quoi elle est jointe ! Il arrive souvent que ce soit l'ombre qui dirige et la personne ou l'être ou la substance qui suive. Et, bien sûr, il peut y avoir des querelles entre l'ombre et la substance ou l'être ou la personne ; ils peuvent tirer dans des directions opposées — je l'ai vu très souvent ! — mais tout aussi souvent, il existe une véritable association et un respect mutuel. — Aussi la paix avec les Chupwalas signifie aussi la paix avec leurs ombres. — Le Maître du Culte, Khattam-Shud, a aussi créé de terribles problèmes parmi les ombres. »

Mudra le guerrier de l'ombre reprit le récit. Ses mains bougeaient de plus en plus vite ; et les muscles de son visage vibraient et se crispaient de façon encore plus nerveuse ; et ses jambes dansaient avec rapidité et agilité. Rachid devait faire de grands efforts pour le suivre. « La magie noire de Khattam-Shud a produit des résultats effrayants, révéla Mudra. Il s'est tellement plongé dans l'art obscur de la sorcellerie qu'il est devenu ombreux — changeant, sombre, plus une ombre qu'une personne. Et tandis qu'il devenait plus ombreux, son ombre a ressemblé de plus en plus à une personne. Et les choses en sont arrivées au point où il n'est plus possible de savoir qui est l'ombre de Khattam-Shud et qui est son être matériel — parce qu'il a réussi à faire ce qu'aucun autre Chupwala n'a rêvé — il s'est séparé de son ombre ! Il va dans l'obscurité, sans aucune ombre, et de son côté son ombre va où elle veut. Le Maître du Culte peut être à deux endroits en même temps ! »

À ce moment-là, Babilbouche, qui avait contemplé le guerrier de l'ombre avec ce qui ressemblait à de l'adoration ou de la dévotion, s'écria : « Mais c'est la plus mauvaise nouvelle qu'on puisse imaginer ! Il était déjà à peu près impossible de le vaincre une fois — et maintenant tu nous dis que nous allons devoir le vaincre deux fois ?

— Précisément », dirent les gestes menaçants de l'ombre de Mudra. « En outre, cette nouvelle, le dédoublement de Khattam-Shud, cette ombre-homme et cet homme-ombre, a eu un effet désastreux sur l'amitié entre les Chupwalas et leurs ombres. Maintenant, beaucoup d'ombres sont mécontentes d'être attachées aux Chupwalas par les pieds ; et il y a de nombreuses disputes.

— Triste époque, conclurent les gestes de Mudra, dans laquelle un Chupwala ne peut même pas faire confiance à son ombre. »

Un silence s'abattit tandis que le général Kitab et le prince Bolo réfléchissaient à ce qu'avaient « dit » Mudra et son ombre. Puis le prince Bolo s'écria : « Pourquoi devrions-nous croire cette créature ? N'a-t-il pas reconnu être un traître à son propre chef ? Devons-nous traiter avec les traîtres maintenant ? Comment savoir si tout cela ne fait pas partie de sa trahison — un complot habilement ourdi, une sorte de piège ? »

Comme Haroun l'avait observé, le général Kitab était en principe le plus doux des hommes, qui n'aimait rien autant qu'une bonne discussion ; mais là, son visage devint rose et sembla enfler légèrement. « Fermez-la, Votre Grandeur, dit-il finalement. C'est moi qui ai le commandement ici. Tenez votre langue ou vous allez retourner à Gup et quelqu'un d'autre sauvera Batcheat à votre place ; et m'est avis que vous n'aimerez pas ça. » Cette réprimande sembla ravir Babilbouche ; Bolo avait l'air de vouloir tuer quelqu'un mais il se tut.

Ce qui était aussi bien parce que l'ombre de Mudra avait répondu à la colère de Bolo en se lançant dans une véritable frénésie de transformations, devenant énorme, en se grattant sur tout le corps, en se transformant en silhouette de dragon crachant des flammes, ainsi qu'en d'autres créatures : griffon, basilic, manticore, troll. Et tandis que l'ombre s'agitait ainsi, Mudra lui-même recula de quelques pas, il s'appuya sur une souche d'arbre et fit semblant de s'ennuyer à mourir, il examina ses ongles, il bâilla, il se roula les pouces. « Ce guerrier et son ombre forment une merveilleuse équipe, se dit Haroun. Ils se conduisent de façon opposée, ainsi personne ne sait ce qu'ils ressentent en réalité ; évidemment, ce peut être encore autre chose. »

Le général Kitab s'approcha de Mudra avec un grand respect, peut-être même un peu exagéré. « Oublie tout ça, Mudra, veux-tu nous aider ? Ce ne sera pas facile dans les ténèbres de Chup. Nous aimerions avoir quelqu'un comme toi. Un guerrier puissant et tout. Qu'en dis-tu ? »

Le prince Bolo alla bouder au bout de la clairière tandis que Mudra marchait de long en large et réfléchissait. Puis il recommença à faire des gestes. Rachid traduisit ses « paroles ».

« Oui, je vais vous aider, dit le guerrier de l'ombre. Car le Maître du Culte doit être vaincu. Mais vous devez prendre une décision.

— Je parie que je la connais, souffla Babilbouche à Haroun. C'est celle que nous aurions dû prendre avant même de nous mettre en route : que devons-nous sauver d'abord ? Batcheat ou l'Océan ? — À propos, dit-elle en rougissant quand même un petit peu, est-ce qu'il n'est pas extraordinaire ? Est-ce qu'il n'est pas atroce, effrayant, intelligent ? — Je parle de Mudra.

— Je sais de qui tu parles », lui répondit Haroun avec une sensation douloureuse qui était peut-être de la jalousie. « Je pense qu'il est très bien.

— Très bien ? souffla Babilbouche. Seulement très bien ? Comment peux-tu dire... »

Mais elle s'arrêta parce que Rachid traduisait les « paroles » de Mudra. « Comme je vous l'ai dit, il y a maintenant deux Khattam-Shud. En ce moment même, l'un d'eux retient captive la princesse Batcheat dans la Citadelle de Chup et il envisage de lui coudre les lèvres pour la fête de Bezaban. L'autre, comme vous devez le savoir, se trouve dans la Zone ancienne, où il prépare la destruction de l'Océan des Courants d'Histoires. »

Un immense entêtement s'empara du prince Bolo de Gup. « Dites ce que vous voulez, général, cria-t-il, mais une personne passe avant un océan quel que soit le danger qui les menace tous deux ! Batcheat doit passer d'abord ; Batcheat mon amour, la seule femme que j'aime. Nous devons sauver ses lèvres de cerise de l'aiguille du Maître du Culte, et sans attendre ! Qui êtes-vous ? N'avez-vous pas de sang dans les veines ? Général, et vous aussi, Mudra : Êtes-vous des hommes ou... ou... des ombres ?

— Il est inutile de continuer à insulter les ombres », dit par gestes l'ombre de Mudra avec une calme dignité. (Bolo l'ignora.)

« Très bien, dit le général Kitab. Ça suffit, très bien. Mais nous devons envoyer quelqu'un examiner la situation dans la Zone ancienne. Mais qui ? Laissez-moi réfléchir... hum... »

Ce fut à cet instant qu'Haroun s'éclaircit la gorge.

« J'irai », dit-il en se portant volontaire.

Tous les yeux se tournèrent vers lui, debout dans sa chemise de nuit rouge avec des taches violettes, et il se sentit tout à fait ridicule. « Hum ? Qu'est-ce que tu as dit ? » lui demanda le prince Bolo, mécontent.

« Hier, tu as cru que mon père vous espionnait pour le compte de Khattam-Shud, dit Haroun. Maintenant, si toi et le général le souhaitez, j'irai espionner Khattam-Shud pour vous, ou son ombre, quel que soit celui qui se trouve dans la Zone ancienne, en train d'empoisonner l'océan.

— Et pourquoi — tonnerre de tonnerre — es-tu volontaire pour cette dangereuse mission ? » voulut savoir le général Kitab. « Bonne question, pensa Haroun. Je dois être un fieffé imbécile. » Mais à haute voix, il répondit :

« Eh bien, monsieur, c'est comme ça. Pendant toute ma vie, j'ai entendu parler de la merveilleuse Mer des Histoires, des Génies de l'Eau, de tout ; mais je n'ai commencé à y croire que quand j'ai vu Ssi dans ma salle de bains, l'autre nuit. Et maintenant que je suis effectivement venu à

Kahani et que j'ai vu de mes propres yeux la beauté de l'Océan, avec ses courants d'histoires dans des couleurs dont je ne connais même pas le nom, et ses jardiniers flottants et ses poissons polypanses, enfin tout, eh bien, il se trouve que j'arrive peut-être trop tard, parce que tout l'Océan peut mourir à tout instant si nous ne faisons pas quelque chose. Et il se trouve que cette idée ne me plaît pas, monsieur, pas du tout. Je n'aime pas l'idée que toutes les belles histoires dans le monde puissent devenir mauvaises pour toujours, ou simplement mourir. Comme je l'ai dit, je viens juste de commencer à croire à l'Océan, mais il n'est peut-être pas trop tard pour que je fasse ma part. »

« Ça y est, se dit-il, maintenant tu as réussi : tu t'es fait passer pour un véritable idiot. » Mais Babilbouche le regardait de la même façon qu'elle avait regardé Mudra, et c'était agréable, on ne pouvait le nier. Puis il aperçut le visage de son père, et « Oh non, pensa-t-il, je sais exactement ce qu'il va dire... »

« Eh bien, jeune Haroun Khalifa, tu ne paies pas de mine, dit Rachid.

— Oubliez ça, marmonna Haroun en colère. Oubliez même que j'ai parlé. »

Le prince Bolo s'avança à grands pas et donna une grande claque dans le dos d'Haroun qui en eut le souffle coupé. « Pas question ! hurla Bolo. Oublier que tu as parlé ? Jeune homme, nous ne l'oublierons jamais ! Général, je vous pose la question : n'est-ce pas l'homme rêvé pour la mission ? Car il est, comme moi, un esclave de l'amour. » Haroun évita de regarder Babilbouche et rougit.

« Oui, en effet ! » continua le prince Bolo en marchant de long en large et en agitant les bras avec fougue (et de façon quelque peu stupide). « Tout comme ma passion, mon amour, me conduit vers Batcheat, toujours vers Batcheat, la destinée de ce garçon est de sauver ce qu'il aime : c'est-à-dire l'Océan des Histoires.

— Très bien, très bien, l'interrompit le général Kitab. Jeune maître Haroun, tu seras notre espion. Bon sang ! Tu le mérites. Choisis tes compagnons et pars. » Il avait une voix bourrue comme s'il voulait cacher ses inquiétudes derrière une façade de sévérité. « C'est fini, se dit Haroun. Il est trop tard pour se dédire. »

« Ouvre l'œil ! Glisse-toi furtivement dans les ombres ! Vois sans être vu ! cria Bolo, d'un ton dramatique. D'une certaine façon, tu seras toi aussi un guerrier de l'ombre. »

*

Pour atteindre la Zone ancienne de Kahani, il était nécessaire de voyager au sud en traversant la Bande de Crépuscule, de suivre de près la côte du pays de Chup, jusqu'à ce que ce continent obscur et silencieux soit loin derrière et que l'océan antarctique de Kahani s'étende dans toutes les directions. Haroun et Ssi, le Génie de l'Eau, se mirent en route une heure après qu'Haroun se fut porté volontaire. Leurs compagnons étaient les poissons polypanses, Goopy et Bagha, qui glouglougloutaient dans leur sillage, et le vieux et noueux jardinier flottant, Mali, avec ses lèvres de lilas et son chapeau de racines. Mali marchait sur l'eau à côté d'eux. (Haroun avait voulu emmener Babilbouche, mais une timidité l'en avait empêché, en outre, elle semblait désirer rester avec Mudra, le guerrier de l'ombre. Et on avait besoin de Rachid pour traduire au général et au prince le langage par gestes de Mudra.)

Après plusieurs heures de voyage à grande vitesse à travers la Bande de Crépuscule, ils se retrouvèrent dans l'océan antarctique. Les eaux avaient perdu plus de couleurs et la température était plus basse.

« C'est par là le chemin ! Croyez ce que je dis !

— Avant c'était infect ! Maintenant c'est pourri », dirent Goopy et Bagha en toussant et en crachant.

Mali sautait à la surface de l'eau, pas du tout incommodé. « Si cette eau est tellement empoisonnée, est-ce qu'elle ne te fait pas mal aux pieds ? » lui demanda Haroun. Mali secoua la tête. « Il m'en faut plus que ça. Un peu de poison ? Bah. Un peu d'acide ? Bol. Un jardinier est un vieux dur à cuire. »

Puis, à la grande surprise d'Haroun, il se mit à chanter d'une voix un peu rauque :

On peut arrêter un chèque
On peut arrêter une fuite
On peut arrêter la circulation
Mais on ne peut pas m'arrêter !

« Ce que nous sommes venus arrêter », lui rappela Haroun, en prenant ce qu'il espérait être le ton de voix autoritaire d'un chef, c'est l'œuvre du Maître du Culte, Khattam-Shud.

— S'il est vrai qu'il y a une Source, le Puits des Histoires, près du pôle Sud, suggéra Ssi, alors c'est là que se trouvera Khattam-Shud, vous pouvez en être sûr.

— Très bien, dit Haroun. Alors, au pôle Sud ! »

Le premier désastre eut lieu peu après. Goopy et Bagha, poussant de pauvres cris plaintifs, avouèrent qu'ils ne pouvaient pas aller plus loin.

« Jamais cru... serait si mauvais !

— Nous vous lâchons ! Sommes navrés !

— Souffrons ! Impossible aller vers...

— ... le pôle, ni parler en vers ! »

Les eaux de l'océan devenaient plus épaisses et plus froides à chaque mille ; beaucoup de courants d'histoires étaient remplis d'une substance sombre et lourde qui ressemblait à de la mélasse. « Celui qui fait ça ne peut être loin », pensa Haroun. Puis il dit tristement aux poissons polypanses : « Restez ici et ouvrez l'œil. Nous allons continuer sans vous. » « Bien sûr, même s'il y a un danger, ils ne pourront pas nous prévenir », se dit Haroun, mais les poissons polypanses semblaient déjà si malheureux qu'il se tut.

La lumière était très faible (ils se trouvaient sur le bord même de la Bande de Crépuscule, tout près de l'hémisphère de la Nuit Perpétuelle). Ils continuèrent vers le pôle ; et quand Haroun aperçut une forêt qui se dressait sur l'océan, avec sa végétation se balançant dans une brise légère, l'absence de lumière renforça la mystification. « Une terre ? demanda Haroun. Il n'y a sûrement pas de terre ici ?

— Des eaux négligées, voilà ce que c'est, déclara Mali avec un accent de dégoût. Envahies par les mauvaises herbes. Complètement perdues. Personne pour garder les lieux en état. C'est une honte. Donne-moi un an, et il n'y paraîtra plus. » Un vrai discours pour le jardinier flottant. Il semblait absolument bouleversé.

« Nous n'avons pas un an devant nous, dit Haroun. Et je ne veux pas survoler l'endroit. Trop facile à repérer et, de toute façon, nous ne pouvons pas t'emmener avec nous.

— Ne t'inquiète pas pour moi, dit Mali. Et ne pense pas à voler non plus. Je vais dégager un passage. » Là-dessus, il partit à toute vitesse et disparut dans la jungle flottante. Quelques instants plus tard, Haroun vit d'énormes bouquets de végétation voler en l'air, alors que Mali se mettait au travail. Les créatures qui vivaient dans cette jungle de mauvaises herbes en sortirent en toute hâte : d'immenses papillons de nuit albinos, de grands oiseaux gris qui n'avaient que des os et pas de chair, de longs vers blanchâtres avec des têtes comme des lames de pelle. « Ici, même la faune est ancienne, pensa Haroun. Y a-t-il des dinosaures plus loin ? — Enfin pas exactement des dinosaures, mais ceux qui vivaient dans l'eau, en réalité, des ichtyosaures. » L'idée de voir la tête d'un ichtyosaure sortir de l'eau lui parut à la fois effrayante et excitante. « De toute façon, ils sont végétariens — étaient végétariens, se dit-il pour se rassurer. En tout cas, je crois. »

Mali revint en marchant sur l'eau à grands pas pour faire son rapport sur l'état des lieux. « Un peu de désherbage. Un peu de désinsectisation. Je dégage un canal en un rien de temps. » Et le voilà reparti.

Quand le canal fut dégagé, Haroun y fit entrer Mmais la huppe. On ne voyait Mali nulle part. « Où es-tu ? cria Haroun. Ce n'est pas le moment de jouer à cache-cache. » Mais il n'obtint pas de réponse.

Le canal était étroit, des racines et des mauvaises herbes flottaient toujours à la surface... et ils se trouvaient au cœur de cette jungle quand eut lieu la seconde catastrophe. Haroun entendit un léger sifflement et, un instant plus tard, on jeta quelque chose d'énorme qui s'abattit dans leur direction — quelque chose qui ressemblait à un filet immense, un filet tissé d'obscurité. Il tomba sur eux et les tint serré.

« C'est un filet de nuit », dit à propos Mmais la huppe. « Une arme légendaire des Chupwalas. La lutte est inutile ; plus on se débat, plus le filet se resserre. J'ai le regret de vous informer que notre chimère est cuite comme une oie. »

Haroun entendit des bruits de l'autre côté du filet de nuit : des sifflements, des petits rires étouffés. Et il y avait aussi des yeux, des yeux qui regardaient entre les mailles du filet, des yeux comme ceux de Mudra, avec des noirs à la place des blancs — mais ces yeux n'étaient absolument pas amicaux. — Où était donc Mali ?

« Ainsi nous voici déjà prisonniers, se dit Haroun sur un ton de dépit. Quel grand héros je fais ! »

IX

LE « NAVIRE NUIT »

On les tirait lentement. Leurs ravisseurs, dont Haroun commençait à distinguer la forme au fur et à mesure que ses yeux s'habituaient à l'obscurité, tiraient le filet de nuit avec des sortes de câbles invisibles mais puissants. Vers où ? L'imagination d'Haroun lui manqua. Tout ce qu'il pouvait voir dans son esprit, c'était un immense trou noir, qui béait devant lui comme une bouche et qui l'aspirait lentement.

» On est dans de beaux draps, dans le pétrin, faites vos jeux ! » constata tristement Ssi. Mmais la huppe semblait tout aussi découragée. « Nous allons voir Khattam-Shud, emballés et ficelés comme des paquets-cadeaux ! » gémit la huppe sans remuer le bec. « Zou, boum, pfuit, finito pour tout le monde. Il se tient au cœur de l'obscurité — au fond d'un trou noir, d'après ce qu'on dit — et il mange la lumière, il l'avale toute crue avec ses mains nues, et personne ne peut lui échapper. — Il mange aussi les mots. — Et il peut se trouver à deux endroits en même temps, et il n'y a aucune issue. Pauvres de nous ! Hélas, trois fois hélas ! Ô jour funeste ! Hai-hai-hai !

— Décidément, vous faites une belle paire de compagnons », dit Haroun aussi gaiement qu'il le put. Pour Mmais la huppe il ajouta : « Espèce de machine ! Tu gobes n'importe quelle histoire de fantômes qu'on te raconte, même celles que tu trouves dans la tête des autres. Ce trou noir, par exemple : j'y pensais et toi, tu le ramasses pour te faire peur. Honnêtement, huppe, ressaisis-toi.

— Comment me ressaisir », se lamenta Mmais la huppe sans remuer le bec, « quand d'autres personnes, des Chupwalas, m'ont déjà saisie ?

— Regardez, l'interrompit Ssi. Regardez dans l'Océan. »

Maintenant, le poison épais et sombre avait tout envahi et il effaçait les couleurs des Courants d'Histoires qu'Haroun n'arrivait plus à distinguer. Une sensation de froid et d'humidité montait de l'eau prête à geler, « froide comme la mort », pensa Haroun. La douleur de Ssi commença à déborder. « C'est notre faute, pleura-t-il. Nous sommes les gardiens de l'Océan et nous ne l'avons pas gardé. Regardez l'Océan, regardez-le ! Les plus anciennes histoires qu'on a jamais inventées, regardez-les maintenant. Nous les avions laissées pourrir, nous les avions abandonnées, bien avant cet empoisonnement. Nous avons perdu le contact avec nos origines, avec nos racines, notre source. Nous disions : ennuyeuses, pas de demande, ne répondent pas aux besoins. Et maintenant, regardez, regardez ! Plus de couleur, plus de vie, plus rien. Tout est perdu ! »

Comme ce spectacle aurait horrifié Mali, songea Haroun ; surtout Mali sans doute. Mais aucune trace du jardinier flottant. « Certainement ligoté comme nous dans un autre filet de nuit, imagina Haroun. Je donnerais n'importe quoi pour revoir ce vieux corps noueux fait de racines, courant près de nous, et pour entendre à nouveau cette voix douce et fleurie prononcer des mots rudes et rares. »

L'eau empoisonnée battait sur les flancs de Mmais la huppe — puis brusquement elle éclaboussa plus haut quand le filet de nuit s'arrêta net. Ssi et Haroun, obéissant au même réflexe, relevèrent leurs pieds loin des éclaboussures et une des pantoufles du Génie de l'Eau, merveilleusement brodée et à la pointe retournée, tomba (pour être précis, de son pied gauche) dans l'Océan ; en un clin d'œil, avec un chuintement et un sifflement, un glougloutement et un gargouillement, elle fut immédiatement avalée, jusqu'à sa pointe recourbée, Haroun en fut effrayé. « Le poison est si concentré qu'il agit comme de l'acide, remarqua-t-il. Huppe, tu dois être solide, Ssi, tu as de la chance que seule ta pantoufle soit tombée et pas toi.

— Ne te réjouis pas trop vite, dit Mmais la huppe d'un air morose, sans remuer le bec. Qui sait ce qui nous attend, là-bas ?

— Eh bien, merci beaucoup, répliqua Haroun. Encore une idée amusante. »

Pourtant il s'inquiétait au sujet de Mali. Le jardinier flottant avait vraiment marché à la surface de ce poison concentré. C'était un vieux dur à cuire, mais pouvait-il résister à la force de l'acide ? Haroun eut l'image horrible de Mali s'enfonçant lentement dans l'Océan où, avec un chuintement et un sifflement, un gougloutement et gargouillement... il secoua la tête. Ce n'était pas le moment d'avoir des pensées aussi négatives.

On tira le filet de nuit et tandis que revenait le faible crépuscule, Haroun vit qu'ils avaient atteint une grande clairière dans la jungle des mauvaises herbes. Pas très loin, il y avait quelque chose qui ressemblait à un mur de nuit. « Ce doit être le commencement de la Nuit Perpétuelle, pensa Haroun. Nous devons nous trouver sur les bords. »

Ici, seules quelques feuilles et quelques racines, la plupart profondément brûlées ou attaquées par l'acide-poison, flottaient à la surface de l'Océan. Toujours aucun signe de Mali et Haroun continuait à craindre le pire.

Un groupe de treize Chupwalas avaient entouré Mmais la huppe et pointaient des armes menaçantes sur Ssi et Haroun. Ils avaient tous les mêmes yeux inversés, avec des pupilles blanches et pas noires, des iris d'un gris assez doux et du noir là où aurait dû se trouver le blanc, comme Haroun l'avait vu la première fois dans le visage de Mudra. Mais contrairement au guerrier de l'ombre, ces Chupwalas étaient des types décharnés, morveux, au visage de fouine qui portaient des manteaux noirs à capuchon ornés de l'insigne spécial des gardes personnels du Maître du Culte, Khattam-Shud — c'est-à-dire les Bouches Cousues. « Ils ont l'air d'une bande d'employés de bureau déguisés, pensa Haroun. Mais il ne faut pas les sous-estimer ; ils sont dangereux, cela ne fait aucun doute. »

Les Chupwalas se regroupèrent autour de Mmais la huppe et regardèrent Haroun avec curiosité, ce qu'il trouva fâcheux. Ils étaient montés sur ce qui ressemblait à une escorte de grands hippocampes noirs qui avaient l'air aussi stupéfait que leurs cavaliers par la présence du terrien. « Pour information, lui révéla Mmais la huppe, ces chevaux noirs sont aussi des machines. Mais, comme chacun sait, ils ont l'habitude de monter sur leurs grands chevaux. »

Haroun n'écoutait pas.

Il venait juste de voir que le mur de nuit n'était pas du tout le commencement de la Nuit Perpétuelle comme il l'avait cru tout d'abord. Il s'agissait en fait d'un gigantesque navire, un vaste vaisseau en forme d'arche, à l'ancre dans la clairière. « Voilà où ils nous emmènent », comprit-il avec un serrement de cœur. « Ce doit être le navire amiral du Maître du Culte, Khattam-Shud. » Mais quand il ouvrit la bouche pour le dire à Ssi, il découvrit que la peur lui avait asséché la gorge et ce qui sortit ne fut qu'un étrange croassement :

« Arch, croassa-t-il, en montrant du doigt le *Navire Nuit*. « Arch, arch. »

*

Des passerelles avec des rampes descendaient sur le flanc du *Navire Nuit*. Les Chupwalas les conduisirent au pied d'une de ces passerelles et Haroun et Ssi durent commencer la longue ascension vers le pont et quitter Mmais. En montant Haroun entendit un cri pitoyable et se retourna pour voir la huppe qui protestait sans remuer le bec. « Mais mais mais, vous n'avez pas le droit de prendre ça... non vous ne pouvez pas... c'est mon cerveau ! » Deux Chupwalas en manteau étaient sur le dos de Mmais et dévissaient le dessus de sa tête. De la cavité crânienne, ils retirèrent une petite boîte métallique à l'éclat un peu terne, en poussant une suite de petits sifflements satisfaits. Puis ils laissèrent simplement Mmais la huppe flotter là, les circuits déconnectés, après en avoir enlevé la mémoire et le module de commande. La huppe ressemblait à un jouet brisé. « Oh ! huppe, pensa Haroun, je m'excuse de m'être moqué de toi en te disant que tu n'étais qu'une machine ! Tu étais la meilleure et la plus courageuse des machines qui ait jamais existé, et je récupérerai ton cerveau pour te le rendre, attends un peu pour voir. » Mais il savait que c'était une promesse vaine parce que, après tout, il avait ses propres ennuis.

Ils continuèrent à monter. Puis Ssi, qui se trouvait derrière Haroun, trébucha, sembla sur le point de tomber et saisit la main d'Haroun, apparemment pour se rattraper. Haroun sentit que le Génie de l'Eau lui glissait quelque chose, petit et dur, dans la main. Il referma son poing dessus.

« Une petite chose en cas d'urgence, offert par l'immeuble S2TTCAE », chuchota Ssi. « Tu auras peut-être l'occasion de t'en servir. »

Les Chupwalas se tenaient au-dessus et au-dessous d'eux. « Qu'est-ce que c'est ? » demanda Haroun de sa voix la plus basse.

« Si tu en mords l'extrémité, ça te donne deux bonnes minutes de lumière très, très brillante. On l'appelle mordez-la-lumière, pour des raisons évidentes. Cache-le sous ta langue.

— Et toi ? » demanda Haroun. « Tu en as un aussi ? » Mais Ssi ne répondit pas et Haroun comprit que le Génie de l'Eau lui avait donné le seul appareil qu'il possédait. « Je ne peux pas le prendre, ce n'est pas juste », murmura Haroun, mais un des Chupwalas siffla dans sa direction d'une façon si terrifiante qu'il décida qu'il valait mieux se taire pendant quelque temps. Ils montaient, montaient, en se demandant ce que le Maître du Culte avait en tête.

Ils passèrent devant une rangée de hublots et Haroun laissa échapper un hoquet de surprise, parce que, ce qui sortait des hublots, c'était de l'obscurité — de l'obscurité qui rayonnait dans le crépuscule comme de la lumière rayonne par une fenêtre le soir. Les Chupwalas avaient inventé l'obscurité artificielle, exactement comme d'autres avaient inventé la lumière artificielle ! Dans le *Navire Nuit,* se dit Haroun, il devait y avoir des ampoules qui produisaient cette étrange obscurité, pour que les yeux inversés des Chupwalas (qui auraient été aveuglés par la lumière) puissent voir correctement (bien que lui, Haroun, fût absolument incapable de voir). « L'obscurité qu'on peut allumer et éteindre, s'émerveilla Haroun. Quelle idée, je te jure ! »

Ils atteignirent le pont.

Haroun se rendit compte de l'immensité du navire. Dans cette obscure clarté, le pont semblait littéralement infini. Haroun ne pouvait pas voir clairement jusqu'à la proue, ni jusqu'à la poupe. « Il doit faire un kilomètre de long ! » s'exclama-t-il, et s'il faisait un kilomètre de long, il devait bien en faire la moitié de large.

« Exceptionnel, supercolossal, grand », reconnut tristement Ssi.

Disposés comme une sorte de damier sur le pont du navire, il y avait un grand nombre de réservoirs ou de chaudrons gigantesques et noirs, chacun avec son équipe d'entretien. Des tuyaux et des conduits entraient et sortaient de chaque réservoir et on voyait des échelles sur les flancs. De petites grues mécaniques étaient installées à côté de chaque chaudron avec des seaux attachés à des crochets méchamment pointus. « Ce sont sans doute les réservoirs de poison », se dit Haroun. Il avait raison. Les chaudrons étaient pleins à ras bords des poisons noirs qui tuaient l'Océan des Histoires — des poisons sous leur forme la plus puissante, la plus pure, la plus concentrée. « C'est un navire-usine, pensa Haroun avec un frisson, et ce qu'il fabrique est pire, cent fois pire que les usines de tristesse de chez nous. »

Le plus grand objet sur le pont du *Navire Nuit* était une autre grue. Celle-ci dominait le pont comme un haut immeuble, et Haroun vit d'immenses chaînes qui descendaient de sa flèche puissante jusque dans l'eau. Ce qui pendait au bout de ces chaînes, sous la surface de l'Océan, devait être d'une taille et d'un poids étonnants ; mais Haroun n'avait aucune idée de ce que cela pouvait être.

Ce qui frappa Haroun en premier dans le *Navire Nuit* et dans tout ce qui s'y trouvait, c'était la qualité de ce qu'il ne pouvait appeler que l'*ombrosité*. Malgré la taille de mammouth du navire lui-même, du volume et du nombre terrifiant de réservoirs de poison et de la grue géante, Haroun ne pouvait s'empêcher d'avoir l'impression que tout l'ensemble était en quelque sorte transitoire, qu'il y avait quelque chose de pas du tout fixe ni certain dans tout cela, comme si un grand sorcier avait réussi à construire l'ensemble à partir d'ombres — à donner aux ombres une solidité qu'Haroun ne savait pas qu'elles pouvaient posséder. « Mais cela est trop chimérique pour des mots, se dit-il. Un bateau fait avec des ombres ? Un navire-ombre ? Ne sois pas cinglé. » Pourtant, l'idée ne cessait de le harceler et ne voulait pas s'en aller. *Regarde le bord de tout ce qui se trouve ici*, dit une voix dans sa tête. *Les bords des réservoirs de poison, de la grue, du navire lui-même. Est-ce qu'ils n'ont pas l'air flou ? Comme le sont les ombres ; même quand elles sont nettes, elles n'ont jamais des bords aussi nets que les choses réelles, matérielles.*

Quant aux Chupwalas, tous appartenaient à l'amicale des Bouches Cousues et étaient les plus dévoués serviteurs du Maître du Culte — eh bien, Haroun fut frappé de voir à quel point ils semblaient ordinaires et à quel point leur travail était fastidieux. Il y en avait des centaines dans leurs manteaux et capuchons de Bouches Cousues qui s'occupaient des réservoirs et des grues sur le pont, en exécutant une série de tâches répétitives et stupides : vérifier des cadrans, resserrer des joints, mettre en marche et arrêter les mécanismes de brassage des réservoirs, laver le pont. On ne pouvait imaginer travail plus ennuyeux ; et pourtant — comme Haroun devait se le rappeler sans cesse — tous ces types pressés, couverts de manteaux, au nez de fouine, membraneux, morveux, ne s'occupaient de rien d'autre que de la destruction de l'Océan des Courants d'Histoires lui-même ! « Comme c'est étrange, dit Haroun à Ssi, que la pire chose de toutes puisse sembler si normale et si morne.

— Normal, il appelle ça normal, soupira Ssi. Ce garçon est fou, dérangé, aux abonnés absents. »

Leurs ravisseurs les poussèrent vers une immense écoutille dans laquelle étaient installées deux grandes portes noires où l'on voyait le symbole des Bouches Cousues de Khattam-Shud. Tout cela fut exécuté dans un silence absolu, à part l'étrange sifflement que les Chupwalas utilisaient comme langage ; et quand ils arrivèrent à quelques pas des doubles portes, ils s'arrêtèrent et on les tint par les bras. Les doubles portes s'ouvrirent. « C'est ça », se dit Haroun.

Une espèce d'employé, membraneux, squameux, boutonneux, fouineux, morveux, exactement comme les autres, passa les portes. Mais il était aussi tout à fait différent des autres : parce que dès qu'il apparut, chaque Chupwala se mit à faire des révérences et à se gratter aussi énergiquement que possible ; car cette créature insignifiante n'était autre que le célèbre et terrifiant Maître du Culte de Bezaban, Khattam-Shud, le grand croque-mitaine lui-même !

« C'est lui ? C'est lui ? pensa Haroun un peu triste. Ce petit type minable ? Quelle déception ! »

À ce moment, il y eut une autre surprise : le Maître du Culte se mit à parler. Khattam-Shud ne sifflait pas comme ses subordonnés, et il ne croassait et ne gargouillait pas non plus comme Mudra le guerrier de l'ombre, mais il parlait clairement, d'une voix morne et sans modulations, une voix dont personne ne se serait jamais souvenu si elle n'avait appartenu à un personnage aussi puissant et aussi terrifiant. « Des espions », dit tristement Khattam-Shud. « Quel ennuyeux mélodrame. Un Génie de l'Eau de la ville de Gup et quelque chose d'un peu plus inhabituel : un jeune garçon venant, si je ne me trompe, d'en bas.

— La voilà bien, ta comédie du silence », dit Ssi avec un très grand courage. « Est-ce que ce n'est pas caractéristique, est-ce qu'on s'en serait douté, est-ce qu'on l'aurait cru : le grand manitou en personne qui fait exactement ce qu'il interdit aux autres. Ses partisans se cousent les lèvres et lui, il parle, parle sans pouvoir s'arrêter. »

Khattam-Shud ignora ces remarques. Haroun le regardait attentivement, il fixait en particulier les limites du corps du Maître du Culte, et finalement il en eut la certitude : il y avait le même manque de netteté, le même tremblement qu'il avait remarqué sur le *Navire Nuit* : il avait appelé ça l'*ombrosité,* et il avait eu raison. « Aucun doute, décida-t-il. C'est l'ombre du Maître du Culte qu'il a appris à détacher de lui. Il a envoyé l'ombre ici et il est resté dans la Citadelle de Chup. » Là où les forces de Gup, avec Rachid le père d'Haroun à leur tête, devaient se diriger maintenant.

S'il avait raison et s'il s'agissait réellement de l'ombre-devenue-humaine plutôt que l'homme-devenu-ombreux, alors Khattam-Shud avait des pouvoirs de sorcellerie vraiment très grands ; car la silhouette du Maître du Culte était entièrement tridimensionnelle, avec des yeux qui bougeaient visiblement dans sa tête. « De toute ma vie, je n'ai jamais vu une telle ombre », dut reconnaître Haroun ; mais la conviction qu'il s'agissait bien de l'ombre du Maître du Culte venue dans la Zone ancienne à bord du *Navire Nuit* continua à se renforcer.

Le Chupwala, qui avait démonté le cerveau de Mmais la huppe, s'avança et donna la boîte à Khattam-Shud avec une inclination de la tête. Le Maître du Culte se mit à lancer le petit cube de métal en l'air en murmurant : « Maintenant nous allons voir un peu ce Système De Transmission Trop Compliqué À Expliquer. Puisqu'il est démonté, je vais expliquer ce système, n'ayez crainte. »

Juste à ce moment-là, Haroun eut une idée qui lui fit tourner la tête. Khattam-Shud lui rappelait quelqu'un. « Je le connais, se dit-il stupéfait. Je l'ai déjà rencontré quelque part. C'est impossible et pourtant il n'y a pas de doute : il m'est très très familier. »

Le Maître du Culte s'avança pour dévisager Haroun. « Qu'est-ce qui t'a amené ici, hein ? » lui demanda-t-il de sa voix morne, morne : « Les histoires, j'imagine. » Il prononça le mot « histoires » comme s'il s'agissait du terme le plus grossier, le plus méprisable du langage. « Regarde où elles t'ont mené, ces histoires. Tu me suis ? On commence avec des histoires et on finit par espionner et c'est une grave accusation, mon garçon, la plus grave. Tu aurais mieux fait de garder les pieds sur terre plutôt que d'avoir la tête dans les nuages. Tu aurais mieux fait de t'en tenir à la réalité mais tu avais la tête farcie d'histoires. Tu aurais mieux fait de rester chez toi mais te voilà. Les histoires ne font que créer des ennuis. Un océan d'histoires est un océan d'ennuis. Et dis-moi : à quoi servent des histoires qui ne sont même pas vraies ?

— Je te connais, cria Haroun. Tu es lui. Tu es Mr Sengupta, tu as enlevé ma mère et tu as abandonné la grosse dame et tu es un employé morveux, baveux, piteux, galeux, boutonneux et fouineux. Où la caches-tu ? Peut-être est-elle prisonnière sur ce navire ? Allez ; rends-la. »

Ssi le Génie de l'Eau saisit gentiment Haroun par les épaules. La colère et beaucoup d'autres émotions le faisaient trembler, et Ssi attendit qu'il se fût calmé. « Haroun, mon petit, ce n'est pas le même type, dit-il doucement. Peut-être qu'il lui ressemble, l'image crachée, le double exact ; mais crois-moi, mon garçon, celui-ci est le Maître du Culte de Bezaban, Khattam-Shud. »

Khattam-Shud, avec son allure d'employé de bureau, restait parfaitement calme. De la main droite, il continuait à lancer d'un air absent le cerveau de Mmais la huppe. Puis il parla de sa voix monotone et endormante. « Les histoires ont perturbé l'esprit de ce garçon, déclara-t-il solennellement. Maintenant, il rêve tout éveillé et ne dégoise plus que des bêtises. Tu es un enfant grossier, mal élevé. Pourquoi devrais-je porter un intérêt quelconque à ta mère ? À cause des histoires, tu es incapable de te rendre compte de la personne devant qui tu te trouves. Les histoires t'ont fait croire qu'un personnage tel que Khattam-Shud, le Maître du Culte, devait ressembler à... ça. »

Haroun et Ssi poussèrent un cri d'effroi quand Khattam-Shud changea de forme. Le Maître du Culte grandit, grandit, sous leurs yeux effrayés et étonnés jusqu'à ce qu'il eût atteint une hauteur de cent un pieds, qu'il eût cent une têtes, dont chacune avait trois yeux et tirait une langue de flamme ; et cent un bras dont cent tenaient d'énormes épées noires tandis que le cent unième lançait négligemment en l'air le cerveau de Mmais la huppe... puis, avec un léger soupir, Khattam-Shud reprit sa forme première d'employé. « De l'épate », dit-il en haussant les épaules. « Les histoires aiment ce genre de démonstrations, mais elles sont aussi inutiles qu'inefficaces... Des espions, des espions », répéta-t-il d'un ton rêveur. « Eh bien, il faut que je vous montre ce que vous êtes venus voir. Mais, évidemment, vous serez incapable de faire votre rapport. »

Il se retourna et s'en alla furtivement vers les portes noires. « Qu'on les amène », ordonna-t-il, et il disparut. Des soldats de Chup entourèrent Haroun et Ssi et leur firent franchir les portes. Ils se retrouvèrent au sommet d'un large escalier noir qui se perdait en bas dans l'obscurité absolue des profondeurs du navire.

X

LE VŒU D'HAROUN

Tandis qu'Haroun et Ssi se tenaient en haut de l'escalier, l'obscurité absolue créée par des milliers d'ampoules-de-nuit disparut brusquement et fut remplacée par le faible crépuscule. Khattam-Shud avait ordonné l'extinction générale de l'obscurité afin de pouvoir mépriser ses prisonniers en leur montrant l'étendue de sa puissance. Maintenant, Haroun et Ssi parvenaient à distinguer leur chemin et ils commencèrent à descendre dans le ventre de l'immense navire. Tout autour d'eux, les Chupwalas chaussaient des lunettes enveloppantes très mode pour mieux voir dans la lumière plus forte. « Maintenant ils ressemblent à des employés de bureau qui se prennent pour des stars du rock », se dit Haroun.

Il pouvait voir que sous le pont, le *Navire Nuit* n'était qu'une immense caverne autour de laquelle couraient des passerelles à des niveaux différents reliées par des escaliers et des échelles ; des machines emplissaient le navire. Et quelles machines ! « Bien Trop Compliquées À Décrire », murmura Ssi. Quels ronflements de ronfleurs, et quels remuements de remueurs, quelles troupes de leveurs et quels groupes de cribleurs, quels bourdonnements de compresseurs et quels martèlements de congeleurs ! Khattam-Shud les attendait sur une passerelle, en lançant négligemment le cerveau de Mmais la huppe d'une main dans l'autre. Dès qu'Haroun et Ssi (et évidemment leurs gardiens) l'eurent rejoint, il commença à tout expliquer sèchement.

Haroun se força à écouter bien que la voix du Maître du Culte fût suffisamment ennuyeuse pour endormir quelqu'un en quelques secondes. « Voici les mélangeurs de poison », dit Khattam-Shud. « Nous devons fabriquer un très grand nombre de poisons parce que chaque histoire de l'Océan doit être détruite d'une façon différente. Pour détruire une histoire heureuse, on doit la rendre triste. Pour ruiner une action dramatique, on doit la ralentir. Pour détruire une histoire de mystère, on doit rendre évidente l'identité du criminel même au lecteur le plus bête. Pour détruire une histoire d'amour, il faut la transformer en récit de haine. Pour détruire une tragédie, on doit la rendre capable de déclencher un rire irrépressible.

— Pour ruiner un Océan d'Histoires, murmura Ssi, le Génie de l'Eau, on doit y ajouter un Khattam-Shud.

— Tu peux bien dire ce que tu veux, lui répondit le Maître du Culte. Dis-le pendant que tu le peux. »

Il poursuivit ses terribles explications : « Il se trouve que j'ai personnellement découvert que pour chaque histoire il existe une anti-histoire. Je veux dire que chaque histoire — et donc chaque courant d'histoires — a son antidote, et si on verse cet antidote dans l'histoire, les deux s'annulent mutuellement et boum ! Fin de l'histoire. — Et maintenant : vous avez ici la preuve que j'ai découvert un moyen de faire la synthèse de ces anti-histoires, ces contre-contes. Oui ! Je peux les mélanger ici, dans des conditions de laboratoire, et produire un poison concentré plus efficace, auquel aucune des histoires de votre précieux océan ne peut résister. Nous avons déversé ces poisons concentrés un par un, dans l'Océan. Vous avez vu combien le poison y est épais — comme de la mélasse. C'est parce que toutes les contre-histoires sont étroitement pressées ensemble. Graduellement, elles vont suivre les courants de l'Océan, chaque anti-histoire recherchant sa victime. Chaque jour, nous synthétisons et nous libérons de nouveaux poisons ! Chaque jour, nous tuons de nouvelles histoires ! Bientôt, l'Océan sera mort — froid et mort. Quand de la glace noire se formera à sa surface, ma victoire sera complète.

— Mais pourquoi haïssez-vous autant les histoires ? » laissa échapper Haroun, totalement stupéfait. « Les histoires sont drôles...

— Cependant, le monde n'est pas drôle, répondit Khattam-Shud. Le monde est fait pour être contrôlé.

— Quel monde ? s'entendit demander Haroun.

— Ton monde, mon monde, tous les mondes », répondit Khattam-Shud. « Tous sont là pour être dirigés. Et dans chaque histoire unique, à l'intérieur de chaque courant d'histoires, il y a un monde, un monde-histoire que je ne peux contrôler. Voilà la raison. »

Puis le Maître du Culte montra les machines de réfrigération qui maintenaient les poisons, les anti-histoires, aux basses températures nécessaires. Puis il montra les machines de filtration qui débarrassaient les poisons de toute saleté et de toute impureté, pour qu'ils soient à cent pour cent purs, à cent pour cent mortels. Puis il expliqua pourquoi, dans le processus de fabrication, le poison devait passer quelque temps dans les chaudrons sur le pont — « comme le bon vin, les anti-histoires se bonifient si on leur permet de "respirer" un peu en plein air avant d'être déversées ». Au bout de onze minutes, Haroun cessa d'écouter. Il suivit Khattam-Shud et Ssi sur la haute passerelle jusqu'à l'autre partie du navire, dans laquelle les Chupwalas assemblaient d'énormes et mystérieux morceaux de ce qui semblait être du caoutchouc noir et dur.

« Voici, dit le Maître du Culte (et quelque chose dans sa voix attira l'attention d'Haroun), où nous construisons la Bonde.

— Quelle Bonde ? s'écria Ssi, et une idée effrayante se forma dans son esprit. Vous ne voulez pas dire...

— Vous avez sans doute remarqué l'immense grue sur le pont », dit Khattam-Shud de sa voix la plus monotone. « Vous avez remarqué les chaînes qui descendent dans l'Océan. À l'autre bout de ces chaînes, des plongeurs chupwalas sont en train d'assembler la plus grosse et la plus efficace Bonde jamais construite. Elle est presque terminée, petits espions, presque terminée ; et ainsi, dans quelques jours, nous serons capables d'en faire bon usage. Nous allons boucher le Puits lui-même, la Source des Histoires, qui se trouve exactement sous ce navire, dans le fond de l'Océan. Tant que cette source ne sera pas bouchée, qu'elle restera fraîche, non empoisonnée, de nouvelles histoires se déverseront dans l'Océan et notre travail ne sera fait qu'à moitié. Quand on l'aura bouchée ! Ah, alors l'Océan ne pourra absolument plus résister à mes anti-histoires et la fin viendra vite. Alors, Génie de l'Eau : que vous restera-t-il à faire d'autre, gens de Gup, que d'accepter la victoire de Bezaban ?

— Jamais, dit Ssi, mais sa voix manquait de conviction.

— Comment les plongeurs parviennent-ils à pénétrer dans les eaux empoisonnées sans être blessés ? » demanda Haroun. Khattam-Shud eut un petit sourire sec. « Te voilà à nouveau attentif, à ce que je vois, dit-il. La réponse évidente, c'est qu'ils portent des tenues protectrices. Ici, dans ce placard, il y a de nombreuses tenues qui résistent au poison. »

Il les entraîna plus loin, après la zone d'assemblage de la Bonde, dans une partie occupée par la plus grosse machine de tout le navire.

«Et voici, dit Khattam-Shud, en laissant une touche d'orgueil pointer sous sa voix morne et plate, notre groupe électrogène.

— À quoi ça sert ? demanda Haroun qui n'avait jamais eu l'esprit scientifique.

— C'est un appareil qui transforme l'énergie mécanique en énergie électrique par le moyen de l'induction électromagnétique, répliqua Khattam-Shud, si tu veux tout savoir. »

Haroun ne fut nullement déconcerté. « Est-ce que vous voulez dire que c'est d'ici que vient votre énergie ? demanda-t-il encore.

— Exactement, répondit le Maître du Culte. Je vois que l'instruction n'est pas entièrement arrêtée sur terre. »

À ce moment-là, il se passa quelque chose de tout à fait inattendu. Par un hublot ouvert, à quelques pas du Maître du Culte, de bizarres vrilles pleines de racines commencèrent à pénétrer dans le *Navire Nuit*. Elles entrèrent à toute vitesse, une grosse masse végétale informe, au milieu de laquelle on voyait une unique fleur couleur lilas. Le cœur d'Haroun se mit à battre de joie. « M... », commença-t-il à dire, mais il retint sa langue.

Mali avait échappé à la capture (comme Haroun l'apprit plus tard) en reprenant l'apparence d'un paquet de racines sans vie. Il avait dérivé lentement vers le *Navire Nuit* et là, il se servit de ses crampons pour escalader le flanc extérieur du navire comme une plante grimpante. Puis, comme il terminait son entrée théâtrale et qu'il tourbillonnait en un clin d'œil pour reprendre sa forme familière de Mali, l'alarme sonna : « Intrus ! Alerte à l'intrus ! »

« Allumez l'obscurité », hurla Khattam-Shud en laissant tomber comme un masque ses manières insipides. Mali se précipita à toute allure vers le groupe électrogène. Avant qu'on ait allumé les ampoules-de-nuit il avait atteint la gigantesque machine en esquivant un grand nombre de gardes chupwalas dont la vue était affaiblie à cause de la pâle lumière de crépuscule (malgré leurs lunettes noires enveloppantes très mode). Sans s'arrêter un seul instant, le jardinier flottant sauta en l'air en disloquant son corps et en lançant des racines et des vrilles sur tout le groupe électrogène, en pénétrant dans chaque fente et dans chaque recoin de la machine.

Alors se produisit toute une série de claquements et de bruits violents tandis que les circuits sautaient et que les engrenages craquaient et le puissant groupe électrogène finit par se bloquer en trépidant. Toute l'alimentation en énergie du navire s'arrêta brusquement : les remueurs cessèrent de remuer et les ronfleurs de ronfler; les mélangeurs cessèrent de mélanger et les malaxeurs de malaxer; les compresseurs cessèrent de compresser et les congeleurs de congeler; les approvisionneurs de poison cessèrent d'approvisionner et les déverseurs de poison cessèrent de déverser. Toutes les opérations étaient au point mort. « Bravo, Mali ! cria Haroun. Beau travail, monsieur, très beau travail ! »

Alors de très nombreux gardes chupwalas attaquèrent Mali, ils le tiraient avec leurs mains nues, ils l'entaillaient avec des haches et des épées; mais un être assez coriace pour résister à la concentration de poisons que Khattam-Shud avait déversés dans l'Océan des Histoires ne fut pas gêné par de telles piqûres de puces. Il étreignit le groupe électrogène jusqu'à ce qu'il soit sûr de l'avoir endommagé et rendu irréparable et, toujours accroché à la machine, il commença à chanter de sa voix bourrue de jardinier avec la grappe de lilas qui lui servait de bouche :

On peut couper une fleur,
On peut couper un arbre,
On peut couper du vin, mais
On ne peut pas me couper !

On peut couper au plus court,
On peut couper une balle,
On peut couper les cheveux en quatre,
Mais on ne peut pas me couper !

« Très bien », se dit Haroun, en voyant que Khattam-Shud concentrait toute son attention sur le jardinier flottant, « vas-y Haroun, à toi de jouer ; c'est maintenant ou jamais. »

Il avait toujours sous la langue la « petite chose en cas d'urgence », le « mordez-la-lumière ». Il se la mit rapidement entre les dents et mordit.

La lumière qui lui jaillit de la bouche était aussi violente que celle du soleil. Tout autour de lui les Chupwalas en furent aveuglés et ils rompirent leur vœu de silence en poussant des cris et des injures tout en s'arrachant les yeux. Même Khattam-Shud recula en chancelant devant la clarté.

Haroun agit plus vite qu'il ne l'avait fait de toute sa vie. Il sortit le mordez-la-lumière de sa bouche et le tint au-dessus de sa tête ; maintenant la lumière se déversait dans toutes les directions et illuminait tout l'intérieur immense du navire. « Les Grosses Têtes de l'immeuble S2TTCAE en connaissent un rayon », se dit Haroun émerveillé. Mais maintenant il courait parce que les secondes filaient. Quand il passa devant Khattam-Shud, le Maître du Culte, il tendit sa main libre et saisit le cerveau de Mmais la huppe. Il continua à courir jusqu'à ce qu'il atteigne le placard qui contenait les tenues protectrices pour les plongeurs chupwalas. Une minute s'était déjà écoulée.

Haroun mit le cerveau de Mmais la huppe dans une poche de sa chemise de nuit et commença à se débattre pour enfiler sa tenue de plongée. Il avait posé le mordez-la-lumière sur une rampe pour pouvoir utiliser ses deux mains. « Mais comment ça marche ? » grogna-t-il, énervé devant la tenue de plongée qui refusait de glisser facilement. (L'enfiler par-dessus une longue chemise de nuit rouge à taches violettes ne facilitait pas les choses.) Les secondes couraient.

Bien que frénétiquement occupé par sa tenue de plongée, il remarquait un certain nombre de choses : il vit par exemple que Khattam-Shud avait personnellement saisi Ssi, le Génie de l'Eau, par ses favoris bleus. Il se rendit compte également qu'aucun des Chupwalas n'avait d'ombre ! Cela ne pouvait signifier qu'une chose : Khattam-Shud avait appris à ses plus fidèles partisans, l'amicale des Bouches Cousues, à se détacher de leur ombre, comme lui. « Ainsi, il n'y a que des ombres ici, comprit-il. Le bateau, la bande des Bouches Cousues et Khattam-Shud lui-même. Ici, chaque objet et chaque personne n'est qu'une ombre devenue solide, à part Ssi, Mali, Mmais la huppe et moi. »

La troisième chose qu'il remarqua fut la suivante : tandis que la violente lumière du mordez-la-lumière remplissait l'intérieur du *Navire Nuit*, tout le vaisseau sembla vibrer pendant un instant, pour devenir un peu moins solide, un peu plus ombreux ; et les Chupwalas eux aussi tremblèrent et leurs limites s'amollirent et ils commencèrent à perdre leur forme tridimensionnelle... « Si seulement le soleil se levait, comprit Haroun, ils fondraient tous, ils deviendraient plats et sans forme, comme les ombres qu'ils sont en réalité ! »

Mais on ne pouvait trouver aucun soleil dans ce pâle crépuscule ; et les secondes filaient ; et au moment où les deux minutes de lumière s'achevaient, Haroun boucla la fermeture éclair du costume, mit le masque de plongée et sauta la tête la première par un hublot dans l'Océan empoisonné.

*

Quand il entra en contact avec l'eau, un immense sentiment de désespoir l'envahit. « Qu'est-ce que tu vas faire, Haroun ? se demanda-t-il. Tu vas retourner à la nage dans la ville de Gup ? »

Il descendit très, très longtemps dans les eaux de l'Océan, et plus il descendait, moins les Courants d'Histoires étaient sales et mieux il voyait.

Il aperçut la Bonde. Des équipes de plongeurs chupwalas y travaillaient et y fixaient des morceaux supplémentaires. Ils étaient heureusement trop occupés pour remarquer Haroun... La Bonde avait à peu près la taille d'un stade de football et une forme grossièrement ovale. Cependant, les bords en étaient effrangés et inégaux parce qu'on la fabriquait pour qu'elle corresponde parfaitement au Puits, à la Source des Histoires, et les deux formes, la Bonde et le Puits, devaient s'adapter exactement.

Haroun continua à descendre... Puis, merveille des merveilles, il aperçut la Source elle-même.

La Source des Histoires était un trou ou un gouffre ou un cratère dans le fond de la mer et, par ce trou, comme le vit Haroun, le flot lumineux des histoires pures et non polluées jaillissait en bouillonnant du cœur même de Kahani. Il y avait tant de Courants d'Histoires, des couleurs si nombreuses, qui s'écoulaient en même temps de la Source, qu'elle ressemblait à une gigantesque fontaine sous-marine de lumière éblouissante et blanche. À cet instant, Haroun comprit que s'il réussissait à empêcher qu'on mette la Bonde sur la Source, tout redeviendrait finalement normal.

Les Courants d'Histoires renouvelés nettoieraient les eaux polluées et le plan de Khattam-Shud échouerait.

Il se trouvait au point le plus bas de sa plongée et tandis qu'il commençait à remonter vers la surface, il pensa du plus profond de son cœur : « Oh ! je voudrais, comme je voudrais, pouvoir faire quelque chose ! »

À ce moment-là, apparemment par hasard, sa main frotta la cuisse de son costume de plongée ; et il sentit une bosse dans la poche de sa chemise de nuit. « C'est curieux, se dit-il, je suis sûr d'avoir mis le cerveau de Mmais la huppe dans l'autre poche. » Puis il se souvint de ce qu'il y avait dans cette poche, ce qui y était resté, tout à fait oublié, depuis qu'il était arrivé sur Kahani ; et en un éclair il sut, qu'en fin de compte, il pouvait faire quelque chose.

*

Il réapparut à la surface en poussant un grand ouf et il souleva son masque de plongée pour prendre plusieurs respirations (en faisant très attention que l'eau empoisonnée ne lui éclabousse pas le visage). Le hasard avait voulu — « il est grand temps que j'aie un peu de chance », se dit Haroun — qu'il ressorte à côté de la passerelle où l'on avait attaché Mmais la huppe hors d'état de fonctionner ; et l'équipe que Khattam-Shud avait lancée à ses trousses pour le rattraper se dirigea vers la jungle de mauvaises herbes, en se servant de torches équipées d'ampoules-de-nuit pour les aider à voir. De longs rayons d'une noirceur absolue fouillaient la jungle de mauvaises herbes.

« Très bien, se dit Haroun, j'espère qu'ils vont chercher longtemps dans cette direction. » Il sortit de l'eau et se hissa sur la passerelle, il ouvrit la fermeture éclair de son costume de plongée et prit le cerveau de Mmais la huppe. « Je ne suis pas ingénieur, huppe, murmura-t-il, mais voyons si je peux rebrancher ça. »

Les Chupwalas avaient heureusement négligé de revisser le couvercle de la tête. Haroun monta furtivement sur le dos de Mmais, il lui ouvrit le dessus du crâne et regarda à l'intérieur.

Il y avait trois fils dans la cavité vide du cerveau. Haroun trouva rapidement sur le cerveau les trois points où il fallait les brancher. Mais dans quel ordre ? « Oh ! ça ne fait rien ! » se dit-il et il brancha les trois fils au hasard. Mais la huppe émit une suite inquiétante de gloussements, de coin-coin et autres bruits étranges. Puis elle poussa une étrange petite chanson :

Tu dois chanter pa-poum-pa-poum
Et tu l'appelles pa-poum-pa

« Je l'ai mal branchée et je l'ai rendue folle. » Haroun prit peur. Il dit à haute voix : « Mmais, reste tranquille, je t'en prie. »

« Regarde, regarde ! Une souris. La paix, la paix ! Ce morceau de fromage fera l'affaire », déclama Mmais la huppe, de façon absurde. « *Aucun problème*. »

Haroun débrancha rapidement les trois fils et les intervertit. Cette fois, Mmais la huppe se mit à se cabrer et à sauter comme un cheval sauvage, et Haroun arracha les fils pour ne pas être jeté dans l'Océan. « Jamais deux sans trois », se dit-il et, après avoir pris sa respiration il rebrancha les fils.

« Tu en as mis un temps, dit Mmais de sa voix habituelle. Tout est réparé. On y va. Vroum-vroum.

— Minute papillon ! murmura Haroun. Reste ici sans bouger et fais semblant de ne pas avoir de cerveau. J'ai encore quelque chose à faire. »

Puis, enfin, il plongea la main dans l'autre poche de sa chemise de nuit et en sortit une petite bouteille de cristal aux multiples facettes avec un petit bouchon en or. Elle était toujours à moitié pleine du liquide doré et magique que Ssi, le Génie de l'Eau, lui avait offert il semblait y avoir des années : *l'Eau des Vœux*. « Plus tu désires fortement et mieux ça marche, lui avait dit Ssi. Sois sérieux et l'Eau des Vœux te fera du sérieux. »

« Cela peut prendre plus de onze minutes, murmura Haroun à Mmais la huppe, mais je vais le faire. Huppe, regarde-moi essayer. » Et sur ce, il dévissa le bouchon doré et but l'Eau des Vœux jusqu'à la dernière goutte.

Tout ce qu'il put voir, ce fut une lumière dorée qui l'enveloppait comme un châle... « Je désire », pensa Haroun Khalifa, en serrant très fort les paupières et en désirant avec chaque fibre de son corps, « je désire que cette lune, Kahani, tourne de façon qu'elle n'ait plus une moitié à la lumière et une moitié à l'ombre... Je désire qu'elle tourne, à ce moment même, de telle façon que le soleil brille sur le *Navire Nuit*, le soleil total et brûlant de midi.

— Ça, c'est un vœu », dit la voix admirative de Mmais la huppe. « Ça va être intéressant. C'est la force de ta volonté contre le S2TTCAE. »

*

Les minutes passèrent : une, deux, trois, quatre, cinq. Haroun allongé sur le dos de Mmais la huppe, ne pensait plus au temps, il ne pensait qu'à son vœu. Dans la jungle de mauvaises herbes, l'équipe de Chupwalas décida qu'elle ne cherchait pas au bon endroit et elle revint vers le *Navire Nuit*. Leurs ampoules-de-nuit lançaient des rayons d'obscurité qui pénétraient le crépuscule. Par chance, aucun de ces rayons ne tomba sur Mmais la huppe. Les minutes passaient : six, sept, huit, neuf, dix.

Onze minutes passèrent.

Haroun restait allongé, les paupières étroitement serrées, et se concentrait.

Le rayon obscur de la torche d'un Chupwala l'éclaira. Les sifflements du groupe écumèrent dans l'eau. L'escorte de leurs hippocampes noirs galopèrent aussi vite qu'ils purent vers Mmais la huppe.

Puis avec une puissante trépidation et une puissante trémulation, le vœu d'Haroun Khalifa se réalisa.

La lune Kahani tourna — rapidement, parce que comme Haroun l'avait précisé pendant qu'il formulait son vœu, il n'y avait pas de temps à perdre — et le soleil se leva, à toute vitesse, et monta dans le ciel jusqu'au zénith ; où il resta.

Si Haroun s'était trouvé dans la ville de Gup à ce moment-là, il aurait pu s'amuser de la consternation des Grosses Têtes dans l'immeuble S2TTCAE. Les immenses superordinateurs et les gigantesques gyroscopes qui avaient contrôlé le comportement de la lune afin de préserver le Jour Éternel et la Nuit Perpétuelle, ainsi que la Bande de Crépuscule qui se trouvait entre les deux, étaient tout bonnement devenus fous et avaient finalement explosé. « La cause de cela, dirent les Grosses Têtes au Morse consterné, possède une force supérieure à ce que nous pouvons imaginer, et encore moins contrôler ! »

Mais Haroun ne se trouvait pas dans la ville de Gup — dont les citoyens s'étaient précipités dans les rues bouche bée quand la nuit était tombée pour la première fois aussi longtemps qu'on s'en souvenait, et quand les étoiles de la Voie Lactée avaient empli le ciel. Non, Haroun se trouvait sur le dos de Mmais la huppe et ouvrait les yeux pour découvrir le brillant soleil qui dardait ses rayons sur l'Océan et sur le *Navire Nuit*. « Qu'est-ce que tu en dis ? J'ai réussi ! J'y suis vraiment arrivé.

— Je n'en ai jamais douté, répliqua Mmais la huppe sans remuer le bec. Faire bouger la lune par la seule force de sa volonté ? Monsieur, je me suis dit, *aucun problème*. »

Des choses extraordinaires avaient commencé à se produire autour d'eux. Les Chupwalas qui se dirigeaient vers Haroun avec leur escorte d'hippocampes noirs se mirent à pousser des cris et à siffler quand le soleil les frappa ; puis les Chupwalas et les hippocampes devinrent indistincts sur les bords et commencèrent, apparemment, à *fondre*... ils s'enfoncèrent dans l'océan empoisonné, aux acides mortels, en redevenant de simples ombres et en grésillant au loin... « Regarde », hurla Haroun. « Regarde ce qui arrive au navire ! »

La lumière du soleil avait détruit la magie noire

du Maître du Culte, Khattam-Shud. Les ombres ne pouvaient rester solides dans cette clarté ; et l'énorme navire lui-même avait commencé à fondre, à perdre sa forme, comme une montagne de crème glacée oubliée par erreur au soleil.

« Ssi ! Mali ! » cria Haroun et, malgré les mises en garde de Mmais, il se précipita sur la passerelle (qui s'amollissait à chaque minute) vers le pont qui se gonflait.

*

Quand il atteignit le pont, il était si mou et si collant qu'Haroun eut l'impression de marcher sur du goudron frais, ou peut-être de la colle. Des soldats de Chup poussaient des cris perçants et couraient dans tous les sens comme des fous en se dissolvant sous les yeux d'Haroun en petites flaques d'ombre, puis en disparaissant parce que, après la destruction de la sorcellerie de Khattam-Shud par le soleil, aucune ombre ne pouvait survivre sans être attachée à quelqu'un ou à quelque chose, sans en être l'ombre *de*. On ne voyait nulle part le Maître du Culte ou, pour être précis, son ombre.

Sur le pont, le poison s'évaporait des chaudrons ; les chaudrons eux-mêmes fondaient et s'amollissaient comme du beurre noir. Même la gigantesque grue à laquelle la Bonde était attachée par d'énormes chaînes s'inclinait et s'avachissait dans la terrible lumière du jour.

Le Génie de l'Eau et le jardinier flottant avaient été suspendus au-dessus de deux chaudrons de poison par des cordes qu'on leur avait attachées autour de la taille puis qu'on avait fixées à deux des petites grues dressées à côté des réservoirs de poison. Au moment où Haroun les aperçut, les cordes lâchèrent (elles aussi étaient tissées d'ombre) ; et Ssi et Mali tombèrent et disparurent dans les chaudrons maudits. Haroun poussa un cri d'angoisse.

Mais dans les chaudrons, le soleil avait desséché le poison ; et les chaudrons eux-mêmes étaient devenus si mous qu'Haroun vit Ssi et Mali en arracher de grands morceaux avec leurs mains nues et creuser des trous assez grands pour y passer. Les chaudrons avaient maintenant une consistance de fromage fondant ; comme le pont lui-même. « Filons d'ici », proposa Haroun. Les autres descendirent derrière lui la passerelle ramollie et caoutchouteuse. Ssi et Haroun sautèrent sur le dos de Mmais la huppe et Mali marcha à côté d'eux sur l'eau.

« Mission accomplie, cria joyeusement Haroun. Mmais, en avant et à toute vitesse.

— Vroum ! » approuva Mmais la huppe, sans remuer le bec. Elle s'éloigna rapidement du *Navire Nuit* et fila vers le canal que Mali avait taillé dans la jungle de mauvaises herbes ; puis il y eut un drôle de bruit dans la cavité cérébrale de la huppe et une légère odeur de brûlé, et ils s'arrêtèrent.

— Elle a grillé un fusible », fit remarquer Ssi. Haroun se sentit humilié. « J'ai dû me tromper dans les branchements, dit-il. Et moi qui croyais m'en être si bien tiré ! Maintenant, elle est fichue, elle ne marchera plus jamais !

— Ce qu'il y a d'extraordinaire avec un cerveau mécanique, dit Ssi pour le consoler, c'est qu'on peut le réparer, le remettre en état ou même le remplacer. Il y en a toujours de rechange à la station-service de Gup. Si nous pouvons y ramener la huppe, ce sera simple comme bonjour, impeccable, classe.

— Si nous pouvons aller quelque part », soupira Haroun. Ils dérivèrent dans la Zone ancienne sans perspective de trouver du secours. Après avoir connu tous ces dangers, se dit Haroun, ce n'était pas juste.

« Je vais pousser un peu », proposa Mali et il venait juste de s'y mettre quand, avec un étrange et triste bruit de succion, le *Navire Nuit* de Khattam-Shud, le Maître du Culte, disparut complètement fondu. Et la Bonde Inachevée tomba Inoffensive sur le fond de l'Océan, laissant la Source des Histoires entièrement libre. De nouvelles histoires continueraient à en sortir et ainsi, un jour, l'Océan serait à nouveau propre, et toutes les histoires, même les plus anciennes seraient aussi bonnes que les récentes.

*

Mali ne pouvait pas les pousser plus loin ; il s'écroula épuisé sur le dos de la huppe. C'était le milieu de l'après-midi (la lune Kahani avait pris une vitesse « normale » de rotation), et ils erraient dans l'océan antarctique sans savoir quoi faire.

À ce moment-là des bulles et de l'écume apparurent dans l'eau à côté d'eux ; et Haroun reconnut avec un immense soulagement les nombreuses bouches souriantes des poissons polypanses.

Goopy ! Bagha ! les appela-t-il heureux. Ils répondirent :

« Surtout, ne vous affolez pas !
— Nous allons vous tirer de là !
— Suffit pour vous ! Lâchez les rênes !
— Approchez-vous que l'on vous traîne ! »

Puis Bagha et Goopy prenant les rênes de Mmais la huppe dans leurs bouches, remorquèrent leurs compagnons en dehors de la Zone ancienne. « Je me demande ce qu'est devenu Khattam-Shud », dit finalement Haroun. Ssi haussa les épaules, satisfait. « C'est un homme mort ; j'en suis sûr, dit-il. Pas d'issue pour le Maître du Culte. Il a fondu avec les autres. Rideau, histoire ancienne, bonne nuit les petits. C'est-à-dire : il est *khahtam-shud*.

— Souviens-toi, celui-ci n'était que l'Ombre », lui fit remarquer sérieusement Haroun. « En ce moment même, l'autre Maître du Culte, le "réel", est certainement en train de combattre le général Kitab, Mudra et mon père... et Babilbouche. » « Babilbouche », se dit-il in petto, « je me demande si je lui manque, rien qu'un petit peu ».

Les derniers rayons du soleil baignaient maintenant ce qui avait été autrefois la Bande de Crépuscule. « À partir de maintenant, Kahani sera une lune visible, se dit Haroun, avec des jours et des nuits perceptibles. » Au loin, au nord-est, il vit, éclairé par le soleil du soir pour la première fois depuis fort longtemps, le rivage du pays de Chup.

XI

LA PRINCESSE BATCHEAT

Maintenant, il faut que je vous raconte rapidement ce qui s'est passé pendant qu'Haroun se trouvait dans la Zone ancienne :

Vous vous souvenez que la princesse Batcheat Bavardagy était retenue prisonnière dans la pièce la plus élevée de la tour la plus élevée de la Citadelle de Chup, l'énorme château construit entièrement de glace noire, qui s'élevait au-dessus de la ville de Chup comme un énorme ptérodactyle ou un archéoptéryx. Aussi, ce fut vers la ville de Chup que se dirigea l'armée de Gup avec à sa tête le général Kitab, le prince Bolo et Mudra le guerrier de l'ombre.

La ville de Chup se trouvait au cœur de la Nuit Perpétuelle et l'air y était si froid qu'il se formait des glaçons dans le nez des gens, et ils restaient là jusqu'à ce qu'on les fasse tomber. Pour cette raison, les Chupwalas qui y vivaient portaient de petits chauffe-nez sphériques qui les faisaient ressembler à des clowns, sauf que les chauffe-nez étaient noirs.

On fournit des chauffe-nez rouges aux Pages de Gup tandis qu'elles s'avançaient dans l'obscurité.

« Ça commence à vraiment ressembler à une guerre de bouffons », se dit Rachid le conteur en mettant son faux nez rouge. Le prince Bolo, qui trouvait cet objet parfaitement dégradant, apprit à ses dépens qu'un nez gelé où pendent des glaçons est encore pire. Aussi il bouda mais se mit quand même un chauffe-nez.

Puis il y eut les casques. On avait donné aux Pages de Gup les plus étranges couvre-chefs que Rachid avait jamais vus (grâce à l'aimable concours du Morse et des Grosses Têtes de l'immeuble S2TTCAE). Sur la bordure de chaque casque, il y avait une sorte de ruban qui s'éclairait vivement quand on se mettait le casque sur la tête. Cela faisait ressembler les Pages de Gup à un régiment d'anges ou de saints parce qu'elles avaient toutes des auréoles lumineuses autour de la tête. La puissance combinée de ces auréoles permettrait juste aux soldats de Gup de distinguer leurs adversaires même dans la Nuit Perpétuelle ; tandis que les Chupwalas, même avec leurs lunettes noires enveloppantes très mode, devaient être éblouis par la lumière.

« C'est certainement ce qu'on fait de mieux actuellement comme matériel militaire, se dit Rachid avec ironie. Aucune des deux armées n'y verra rien pendant le combat. »

Le champ de bataille s'étendait devant la ville de Chup, l'immense plaine de Bat-Mat-Karo, avec de petites collines à chaque extrémité sur lesquelles les chefs rivaux pouvaient planter leur tente et observer le déroulement de la bataille. Le général Kitab, le prince Bolo et Mudra furent rejoints sur la colline de commandement de Gup par Rachid le conteur (dont on avait besoin parce qu'il était le seul à pouvoir traduire le langage par gestes de Mudra) et un détachement — ou « morceaux choisis » — de Pages dont faisait partie Babilbouche, afin de jouer le rôle de messagers et de gardes. Les chefs de Gup, qui avaient tous l'air un peu bête avec leurs nez rouges, s'assirent dans leur tente devant une légère collation d'avant le combat ; et tandis qu'ils mangeaient, un Chupwala à cheval monta la colline pour les rencontrer, un petit bonhomme à l'allure d'employé qui portait sur son manteau à capuchon l'emblème des Bouches Cousues et qui tenait le drapeau blanc du parlementaire.

« Eh bien, Chupwala », lui dit le prince Bolo, d'un ton fougueux et plutôt stupide, « qu'est-ce qui t'amène ? Çà, par exemple, ajouta-t-il impoliment, quel genre de boutonneux, fouineux, morveux, baveux es-tu ?

— Tonnerre de tonnerre, s'écria le général Kitab, ce n'est pas ainsi qu'on s'adresse à un ambassadeur protégé par le drapeau blanc ! »

L'ambassadeur esquissa un petit sourire mauvais pétri d'indifférence, puis il parla. « Le Grand Maître du Culte, Khattam-Shud, m'a relevé spécialement de mon vœu de silence pour délivrer ce message, dit-il d'une voix basse et sifflante. Il vous adresse ses salutations et vous informe que vous violez le sol sacré de Chup. Il ne négociera pas avec vous, pas plus qu'il ne libérera votre espionne indiscrète, votre Batcheat. Oh ! mais elle est aussi bruyante », ajouta l'ambassadeur qui manifestement parlait maintenant pour lui-même. « Elle nous torture les oreilles avec ses chansons ! Et quant à son nez, ses dents...

— Inutile d'entrer dans les détails, l'interrompit le général Kitab. Nom de nom ! Tes opinions ne nous intéressent pas. Termine ton message un peu confus. »

Le messager de Chupwala s'éclaircit la gorge. « En conséquence, Khattam-Shud vous avertit que si vous ne vous retirez pas immédiatement, votre invasion illégale sera punie par l'anéantissement ; et le prince Bolo de Gup sera conduit enchaîné à la Citadelle pour qu'il puisse en personne voir coudre la bouche miaulante de Batcheat Bavardagy.

— Coquin, fripouille, canaille, goujat, pendard ! hurla le prince Bolo. Je devrais te couper les oreilles, les faire sauter dans le beurre et l'ail et les donner aux chiens !

— Cependant », continua l'ambassadeur chupwala, en ignorant totalement l'éclat de Bolo, « avant votre défaite complète, on m'a demandé de vous divertir quelques instants, si vous le permettez. Ma modestie dût-elle en souffrir, je suis le meilleur jongleur de la ville de Chup ; et on m'a donné l'ordre de jongler, si vous le désirez, pour votre plaisir. »

Babilbouche, qui se tenait derrière la chaise du prince Bolo, s'écria : « Ne l'écoutez pas... c'est un piège... »

Le général Kitab, qui aimait tant parler, semblait prêt à discuter cette possibilité, mais Bolo agita son bras royal et cria : « Silence, Page ! Les règles de la chevalerie exigent que nous acceptions ! » Et, de façon aussi hautaine qu'il le put, il dit à l'ambassadeur chupwala : « Mon ami, nous allons vous regarder jongler. »

L'ambassadeur commença son numéro. Des profondeurs de son manteau, il sortit une variété étourdissante d'objets — des boules d'ébène, des quilles, des statuettes de jade, des tasses de porcelaine, des tortues vivantes, des cigarettes allumées, des chapeaux — et il les lança en l'air dans des voltes et des tourbillons hypnotisants. Plus il jonglait vite, plus les mouvements devenaient compliqués ; et son public était tellement captivé par son adresse que dans la tente, une personne seulement vit le moment où un objet supplémentaire s'ajouta à la cavalcade volante, une petite boîte lourde et rectangulaire d'où sortait une petite mèche allumée...

« Faites attention ! » hurla Babilbouche en se précipitant et en renversant le prince Bolo (et sa chaise). « Il a une bombe amorcée ! »

En deux enjambées, elle atteignit l'ambassadeur chupwala et, se servant de son œil pénétrant et de chaque once de ses talents de jongleuse, elle retira la bombe de la quantité d'objets qui s'élevaient, retombaient, et dansaient en l'air. D'autres Pages saisirent le Chupwala, et les statuettes, les tasses à thé, et les tortues s'écrasèrent sur le sol... mais Babilbouche courait vers le bord de la colline de commandement aussi vite que ses jambes voulaient bien la porter, et quand elle arriva au bord, elle jeta la bombe au loin, en bas de la colline, où elle explosa dans une énorme (mais maintenant inoffensive) boule de flammes noires et luisantes.

Babilbouche avait perdu son casque. Tout le monde pouvait voir ses longs cheveux qui tombaient en cascade sur ses épaules.

Bolo, le général, Mudra et Rachid sortirent de la tente en courant quand ils entendirent l'explosion. Babilbouche était à bout de souffle mais arborait un sourire heureux. « Nous l'avons attrapé au bon moment, dit-elle. Quelle ordure, ce Chupwala ! Il était prêt à se suicider, à se faire sauter avec nous. Je vous l'avais dit que c'était un piège. »

Le prince Bolo, qui n'apprécia pas que son Page dise « je vous l'avais dit », répliqua : « Qu'est-ce que c'est, Babilbouche ? Tu es une fille ?

— Vous l'avez vu, dit Babilbouche. Ce n'est plus la peine de me faire passer pour un garçon.

— Tu nous as trompés, dit Bolo en rougissant. Tu m'as trompé. »

Babilbouche fut révoltée par l'ingratitude de Bolo. « Excusez-moi, mais vous tromper n'est pas particulièrement difficile, cria-t-elle. Les jongleurs le font bien, pourquoi pas les filles ? »

Le visage de Bolo rougit sous son chauffe-nez rouge. « Tu es renvoyée », hurla-t-il, le plus fort qu'il put.

« Bolo, ça suffit... commença le général Kitab.

— Oh, non, je ne suis pas renvoyée, lui répondit Babilbouche, je démissionne, monsieur. »

Mudra, le guerrier de l'ombre, avait observé tous ces échanges avec l'expression indéchiffrable de son visage vert. Mais, maintenant, ses mains se mirent à bouger, ses jambes à prendre des positions éloquentes et les muscles de son visage à vibrer et à se contracter. Rachid traduisit : « Nous ne devons pas nous quereller quand la bataille va commencer. Si le prince Bolo n'a plus besoin d'une Page aussi courageuse, alors peut-être que Miss Babilbouche acceptera de travailler pour moi ? »

Et le prince Bolo de Gup se sentit penaud et honteux et Miss Babilbouche exceptionnellement heureuse.

*

La bataille s'engagea enfin.

Rachid Khalifa, qui observait depuis la colline de commandement de Gup, avait très peur que les Pages de Gup soient sévèrement battues. « *Déchirées* serait le terme exact pour des Pages, j'imagine, se dit-il, ou peut-être *brûlées*. » Sa capacité soudaine à formuler des pensées sanguinaires le stupéfia. « Je pense que la guerre rend les gens cruels », conclut-il.

L'armée des Chupwalas au nez noir, dont le silence menaçant planait comme une brume, semblait trop effrayante pour perdre. Pendant ce temps, les hommes de Gup passaient leur temps à discuter avec acharnement du moindre détail. Chaque ordre adressé depuis la colline de commandement devait être amplement débattu, avec les pour et les contre, même s'il venait du général Kitab lui-même. « Comment peut-on livrer bataille avec tant de caquetage et de bavardage ? » se demandait Rachid perplexe.

Mais alors, les deux armées se précipitèrent l'une vers l'autre et, à sa grande surprise, Rachid vit que les Chupwalas semblaient tout à fait incapables de résister aux soldats de Gup. Les Pages de Gup, maintenant qu'elles avaient amplement discuté de chaque chose, combattaient avec ardeur, restaient unies, s'entraidaient quand il le fallait, et en général ressemblaient à une force animée d'un but commun. Toutes ces discussions et ces débats, cette franchise, avaient créé entre elles de puissants liens d'amitié. En revanche, les Chupwalas se révélèrent ne former qu'une cohue désunie. Exactement comme Mudra, le guerrier de l'ombre, l'avait prédit, beaucoup d'entre eux devaient lutter contre la traîtrise de leur propre ombre ! Quant aux autres, eh bien, leur vœu de silence et leur habitude du secret les rendaient soupçonneux et méfiants les uns envers les autres. Ils n'avaient non plus aucune confiance en leurs généraux. Le résultat, c'était que les Chupwalas ne s'épaulaient pas mais, bien au contraire, se trahissaient, se poignardaient dans le dos, se révoltaient, se cachaient, désertaient... et à la suite de l'affrontement le plus bref qu'on pût imaginer, ils se débarrassèrent tout simplement de leurs armes et s'enfuirent.

*

Après la victoire de Bat-Mat-Karo l'armée ou « Bibliothèque » de Gup entra triomphalement dans la ville de Chup. En voyant Mudra, de nombreux Chupwalas rejoignirent les soldats de Gup. Les jeunes filles de Chup pourchassèrent les nez noirs dans les rues glacées et offrirent aux soldats de Gup, au nez rouge et à la tête couronnée d'une auréole, des colliers de perce-neige noirs, ainsi que des baisers ; et elles les appelèrent les « libérateurs de Chup ».

Babilbouche, dont les longs cheveux n'étaient plus dissimulés sous un bonnet de velours ni un casque-auréole, attira l'attention de plusieurs jeunes gens de Chup. Mais elle restait aussi près qu'elle le pouvait de Mudra, comme Rachid Khalifa ; et Rachid et Babilbouche découvrirent qu'ils pensaient constamment à Haroun. Où était-il ? Était-il sain et sauf ? Quand reviendrait-il ?

Le prince Bolo, qui caracolait sur son cheval

mécanique à l'avant de l'armée, se mit à hurler selon son habitude fougueuse mais plutôt stupide : « Où es-tu Khattam-Shud ? Montre-toi ; tes domestiques sont vaincus, maintenant c'est ton tour ! Batcheat, n'aie pas peur ! Bolo est là ! Où es-tu Batcheat, mon ange doré, mon amour ? Batcheat, oh ma Batcheat !

— Si tu te taisais quelques instants, tu saurais tout de suite où t'attend ta Batcheat », cria un Chupwala dans la foule qui s'était rassemblée pour acclamer les soldats de Gup. (De nombreux Chupwalas avaient commencé à rompre les lois du silence, et poussaient des hourras, des cris, etc.) « Oui, sers-toi de tes oreilles », dit la voix d'une femme. « Est-ce que tu n'entends pas ce boucan qui nous a tous poussés à boire ?

— Elle chante », s'écria le prince Bolo, en plaçant une main autour de son oreille. « Ma Batcheat chante ? Alors silence, mes amis, et écoutons sa chanson. » Il leva le bras. Les soldats de Gup s'arrêtèrent. Et une voix de femme chantant des chansons d'amour s'abattit sur eux des hauteurs de la Citadelle de Chup. C'était la voix la plus horrible que Rachid Khalifa, le Shah de Bla, eût entendue de toute sa vie.

« Si c'est Batcheat, pensa-t-il — mais il n'osa pas le dire à haute voix —, alors on comprend pourquoi le Maître du Culte voulait qu'elle la ferme pour de bon. »

Ah que j' vous parl' de mon Bolo
C'lui qu' mon cœur n'oubliera jamais,

chantait Batcheat et du verre se brisait dans les vitrines. « Je suis sûr que je connais cette chanson, mais les paroles semblent différentes », se dit Rachid stupéfait.

Ah qu' c'est l' garçon que je connais
Je l'aime tell'ment, c'est mon Bolo,

chantait Batcheat, et les hommes et les femmes de la foule suppliaient : « Assez ! Assez ! » Rachid fronça le sourcil et secoua la tête : « Oui, oui, je connais très bien, mais ce n'est pas tout à fait ça. »

I' joue pas au polo
C'est pas un gigolo
O-O je l'aim' par-dessus touss,
Notre amour est gros-lo,
Je l'ai dans la peau-lo,
C'est pour ça que j' chante mon Bolo
Blues,

chantait Batcheat et le prince Bolo cria : « Ah que c'est beau ! Que c'est beau ! » — à quoi la foule des Chupwalas répondit : « Ah que quelqu'un la fasse taire, s'il vous plaît ! »

I' s'appell' pas Paulo,
I' chant' pas trop haut-lo,
O-O je sais comment qu'i' s' nomme
Assez de sanglots-lo,
Il est vraiment beau-lo,
Ah que j' veux fair' de ce Bolo
Mon homme !

chantait Batcheat, et le prince Bolo, paradant sur son cheval, tomba presque en pâmoison de plaisir. « Écoutez-moi ça », s'extasia-t-il. « C'est une voix, ou qu'est-ce que c'est ?

— C'est sûrement une "Qu'est-ce-que-c'est", lui répondit la foule, parce que ce n'est absolument pas une voix. »

Le prince Bolo fut piqué au vif. « Manifestement, ces gens ne connaissent rien aux chansons modernes », dit-il d'une voix forte au général Kitab et à Mudra. « Aussi, je pense que nous devrions attaquer la Citadelle maintenant, si vous n'y voyez pas d'inconvénient. »

À cet instant, un miracle se produisit.

La terre trembla sous leurs pieds : une, deux, trois fois. Les maisons de la ville de Chup furent secouées ; beaucoup de Chupwalas (ainsi que de soldats de Gup) poussèrent des cris de terreur. Le prince Bolo tomba de cheval.

« Un tremblement de terre ! Un tremblement de terre ! » crièrent les gens — mais il ne s'agissait pas d'un tremblement de terre ordinaire. C'était la lune entière, Kahani, qui, avec une puissante trépidation et une puissante trémulation, tournait sur son axe, vers le...

« Regardez le ciel ! hurlèrent des voix. Regardez ce qui monte sur l'horizon ! »

... vers le soleil.

Le soleil se levait sur la ville de Chup, sur la Citadelle de Chup. Il montait rapidement et continua ainsi jusqu'à ce qu'il arrive au zénith en dardant ses rayons dans la grande chaleur du plein midi ; et il resta là. De nombreux Chupwalas, y compris Mudra, le guerrier de l'ombre, sortirent de leur poche des lunettes noires enveloppantes très mode et les chaussèrent.

Un lever de soleil ! L'astre déchira les linceuls

de silence et d'ombre que la sorcellerie de Khattam-Shud avait tendus autour de la Citadelle. La glace noire de la forteresse obscure reçut la lumière du soleil comme une arme mortelle.

Les serrures des portes de la Citadelle fondirent. Le prince Bolo, qui avait tiré son épée, passa les portes au galop, suivi de Mudra et de plusieurs « chapitres » de Pages.

« Batcheat ! » hurla Bolo en se lançant à l'attaque. Son cheval hennit en entendant le nom.

« Bolo ! » fut la réponse lointaine.

Bolo mit pied à terre ; et avec Mudra, il courut dans des escaliers, dans des cours intérieures, dans d'autres escaliers tandis qu'autour de lui les piliers de la Citadelle de Chup, amollis par la chaleur du soleil, commençaient à se tordre et à plier. Des arches s'affaissaient, des coupoles fondaient. Les serviteurs sans ombre du Maître du Culte, les membres de l'amicale des Bouches Cousues, couraient aveuglément dans tous les sens, ils se cognaient contre les murs, ils s'assommaient en se heurtant les uns les autres et poussaient des cris effrayants, oubliant dans leur peur toutes les lois du silence.

L'heure de la destruction définitive de Khattam-Shud était venue. Tandis que Bolo et le guerrier de l'ombre sautaient toujours plus haut vers le cœur de la Citadelle, le prince qui criait « Batcheat ! » faisait s'écrouler les murs et les tours. Et à la fin, au moment où ils désespéraient de la retrouver saine et sauve, la princesse Batcheat leur apparut, avec ce nez (dans un chauffe-nez noir de Chup), ces dents... mais inutile d'entrer dans les détails. Disons simplement qu'il s'agissait bien de Batcheat, suivie de ses servantes, qui glissait vers eux sur la rampe d'un grand escalier dont les marches avaient fondu. Bolo attendit : Batcheat s'envola de sur la rampe et retomba dans ses bras. Il chancela un peu mais ne s'écroula pas.

De grands gémissements emplissaient l'air. Tandis que Bolo, Batcheat, Mudra et les servantes s'enfuyaient en courant dans des cours saturées d'eau et des escaliers détrempés, ils se retournèrent ; et ils virent, au-dessus d'eux, au sommet même de la Citadelle, la gigantesque statue de glace, la colossale idole de Bezaban au large sourire sans langue mais aux nombreuses dents, qui commençait à tituber et à trembler ; puis, elle s'effondra, comme un ivrogne.

Ce fut comme la chute d'une montagne. Ce qui restait des salles et des cours de la Citadelle de Chup fut totalement écrasé quand Bezaban tomba. L'énorme tête de la statue se détacha à la hauteur du cou et descendit, en roulant et en rebondissant, les terrasses de la Citadelle vers la cour la plus basse, dans laquelle se trouvaient maintenant Bolo, Mudra et les dames, aux portes de la Citadelle, et d'où ils contemplaient ce spectacle avec horreur et fascination, tandis que Rachid Khalifa, le général Kitab et une multitude de soldats de Gup se tenaient derrière eux.

La grosse tête sautait et sautait ; ses oreilles, son nez se brisaient quand elle touchait le sol ; les dents lui tombèrent de la bouche. Elle descendait, descendait. Puis, « Regardez ! » hurla Rachid Khalifa, en tendant le doigt ; et tout de suite après : « Attention ! » Il avait aperçu une petite silhouette insignifiante dans un manteau à capuchon qui se précipitait vers cette cour inférieure de la Citadelle : une espèce d'employé, membraneux, squameux, morveux, baveux, piteux, galeux, boutonneux, fouineux, qui n'avait pas d'ombre mais qui ressemblait presque plus à une ombre qu'à un homme. C'était le Maître du Culte, Khattam-Shud, qui se sauvait pour échapper à la mort. Il entendit le cri de Rachid trop tard ; il se retourna avec un hurlement infernal ; et il vit l'énorme tête du colosse de Bezaban au moment où elle arrivait et le frappait carrément dans le nez. Elle le mit en bouillie. On n'en retrouva pas un seul morceau. La tête, avec son sourire sans dents, s'arrêta dans la cour où elle continua, lentement, à fondre.

*

On déclara la paix.

Le nouveau gouvernement du pays de Chup, dirigé par Mudra, annonça qu'il désirait une paix longue et durable avec Gup, une paix dans laquelle la Nuit et le Jour, la Parole et le Silence, ne seraient plus séparés en zones distinctes par des Bandes de Crépuscule et des murs de force.

Mudra invita Miss Babilbouche à rester avec lui, à apprendre le langage par gestes afin qu'elle puisse servir d'intermédiaire entre les autorités de Gup et celles de Chup ; et Babilbouche accepta gaiement.

Pendant ce temps, on envoya les Génies de l'Eau de Gup sur des oiseaux mécaniques volants faire des recherches au-dessus de l'Océan, et en peu de temps ils localisèrent la huppe en panne, que Goopy et Bagha tiraient vers le nord, avec, sur son dos, trois « espions » épuisés mais heureux.

Haroun retrouva son père et Babilbouche, qui se montra étrangement gauche et timide en sa présence, ce qui était plus ou moins ce que lui-même manifestait en présence de Babilbouche. Ils se rencontrèrent sur les rivages de Chup dans ce qui avait été la Bande de Crépuscule et tout le monde se mit en route satisfait pour la ville de Gup, parce qu'il fallait organiser un mariage.

De retour à Gup, le président du Moulin à Paroles annonça un certain nombre de promotions : Ssi était nommé Génie de l'Eau en chef; Mali, Premier jardinier flottant; et Goopy et Bagha, directeurs de tous les poissons polypanses de la mer. On confia aux quatre héros la responsabilité de l'opération de nettoyage à grande échelle qui devait commencer immédiatement sur toute la surface de l'Océan des Courants d'Histoires. Ils déclarèrent qu'ils voulaient absolument restaurer la Zone ancienne le plus rapidement possible afin que les contes anciens soient à nouveau frais et propres.

On réinstalla l'Eau aux Histoires chez Rachid Khalifa et il reçut comme récompense la plus haute décoration du pays de Gup, l'ordre de la Bouche Ouverte, en reconnaissance des services exceptionnels rendus pendant la guerre. Le nouveau Génie de l'Eau en chef fut d'accord pour rebrancher personnellement l'eau chez Rachid.

Mmais la huppe retrouva rapidement son état normal quand la station-service de Gup lui eut remis un cerveau de rechange.

Et la princesse Batcheat ? Elle était sortie de sa détention indemne, mais la peur qu'on lui couse la bouche lui laissa une haine des aiguilles qui devait durer toute sa vie. Et le jour de son mariage avec le prince Bolo, ils avaient l'air tous deux si heureux et si amoureux, sur le balcon du palais, en saluant la foule d'habitants de Gup et de Chupwalas en visite que tout le monde décida d'oublier la stupidité de Batcheat qui s'était fait capturer et les nombreux comportements stupides de Bolo pendant la guerre qui suivit. « Après tout », chuchota à Haroun Ssi le Génie de l'Eau en chef, qui se trouvaient tous les deux sur le balcon, à quelques pas de l'heureux couple, « ce n'est pas comme si nous avions laissé nos têtes couronnées faire quelque chose d'important ici. »

« Nous avons remporté une grande victoire », disait le vieux roi Bavardagy à la foule, « une victoire pour notre océan sur ses ennemis, mais aussi une victoire pour la nouvelle amitié et la nouvelle franchise entre Chup et Gup, sur notre ancienne hostilité et notre ancienne suspicion. Un dialogue a été établi ; et pour fêter cela, ainsi que ce mariage, que le peuple chante !

— Encore mieux, suggéra Bolo, que la princesse nous chante une sérénade, écoutons sa voix d'or ! »

Il y eut un bref silence. Puis, d'une seule voix, la foule hurla : « Non, pas ça, épargnez-nous ça, s'il vous plaît. »

Batcheat et Bolo semblèrent si blessés que le vieux roi Bavardagy dut sauver la journée en disant d'un ton apaisant : « La foule veut dire que, le jour de votre mariage, elle souhaite vous montrer son amour en chantant pour vous. » Ce qui n'était pas exactement la vérité mais cela redonna le moral au couple ; et la place entière chanta. Batcheat resta bouche cousue et chacun fut heureux autant qu'on peut l'être.

Alors qu'il quittait le balcon derrière la famille royale, une Grosse Tête s'approcha d'Haroun

« Vous devez vous présenter immédiatement à l'immeuble S2TTCAE, dit froidement la Grosse Tête. Le Morse veut parler à la personne qui a détruit avec tant d'obstination des machines irremplaçables.

— Mais c'était pour la bonne cause », protesta Haroun. La Grosse Tête haussa les épaules. « Je ne suis pas au courant », et il s'éloigna. « C'est à toi de te justifier et au Morse de décider. »

XII

ÉTAIT-CE LE MORSE ?

« J'ai besoin de témoins, décida Haroun. Quand Ssi et Mali auront raconté au Morse pourquoi j'ai dû faire mon vœu, il comprendra pour ses machines cassées. » Une fête grandiose battait son plein au palais royal et Haroun mit plusieurs minutes avant de trouver le Génie de l'Eau en chef dans la cohue où l'on faisait éclater des ballons, où l'on lançait du riz et où l'on jetait des serpentins. Finalement, il aperçut Ssi, le turban légèrement sur le côté, qui dansait frénétiquement avec une jeune Génie. Haroun dut hurler pour se faire entendre par-dessus la musique et le vacarme ; et, à sa grande horreur, il vit Ssi faire la moue et secouer la tête. « Désolé, dit le Génie de l'Eau en chef. Discuter avec le Morse ? Le jeu n'en vaut pas la chandelle, ne compte pas sur moi, pas question.

— Mais Ssi, il le faut, le supplia Haroun. Quelqu'un doit expliquer ce qui s'est passé !

— Les explications ne sont pas mon fort, lui répondit Ssi en hurlant. Très peu pour moi, je n'y vaux rien, trouve quelqu'un d'autre. »

Haroun mécontent fit les gros yeux et partit à la recherche de Mali. Il trouva le Premier jardinier flottant dans la seconde fête de mariage qui se déroulait sur et sous le Lagon pour les habitants de Gup (les poissons polypanses et les jardiniers flottants) qui préféraient un milieu aquatique. Mali ne fut pas facile à repérer : il se tenait sur le dos de Mmais la huppe, avec son chapeau d'herbe penché sur le côté et il chantait à gorge déployée pour un public enthousiaste de poissons et de jardiniers :

On peut fondre des Navires Nuit,
On peut fondre ce qui est d'ombre,
On peut fondre des châteaux de glace,
Mais on ne peut pas me fondre !

« Mali, appela Haroun. Au secours ! »

Le Premier jardinier flottant interrompit sa chanson, ôta son chapeau d'herbes, se gratta la tête, et dit entre ses lèvres de fleurs : « Le Morse. Tu es sur la sellette. J'en ai entendu parler. Très gros problème. Désolé, je n'y peux rien.

— Qu'est-ce qu'ils ont tous ? cria Haroun. Pourquoi avoir tellement peur de ce Morse, de toute façon ? Il avait l'air très bien quand je l'ai rencontré la première fois, même si sa moustache n'a rien à voir avec celle d'un morse. »

Mali secoua la tête tristement. « Le Morse. Un personnage important. Pas envie de me brouiller avec lui. Tu vois ce que je veux dire.

— Oh ! franchement ! cria Haroun fâché. Je vais l'affronter tout seul. Quels amis !

— Inutile de me demander, ce que tu n'as pas fait, cria Mmais la huppe derrière lui, sans remuer le bec. Je ne suis qu'une machine. »

Quand Haroun franchit les grandes portes de

l'immeuble S2TTCAE, son cœur se serra. Il s'arrêta dans l'immense et sonore hall d'entrée tandis que des Grosses Têtes vêtues de manteaux blancs passaient près de lui et allaient dans toutes les directions ; Haroun s'imagina qu'ils le regardaient tous avec un mélange de colère, de mépris et de pitié. Il dut demander à trois Grosses Têtes le chemin du bureau du Morse avant de le trouver enfin, après avoir erré dans le labyrinthe des couloirs de l'immeuble S2TTCAE, ce qui lui rappela le jour où il avait suivi Babilbouche dans le palais. Il arriva enfin devant une porte d'or sur laquelle étaient écrits les mots : CONTRÔLEUR DU SYSTÈME DE TRANSMISSION TROP COMPLIQUÉ À EXPLIQUER, MONSIEUR I.M.D. MORSE. FRAPPEZ ET ATTENDEZ.

« M'y voici enfin ; je vais obtenir l'entretien pour lequel je suis venu à l'origine à Kahani, pensa Haroun nerveusement. Mais ce ne devait absolument pas être ce genre d'entretien. » Il prit une grande respiration ; et frappa.

La voix du Morse dit : « Entrez. » Haroun prit une autre respiration et ouvrit la porte.

La première chose qu'il vit, ce fut le Morse, assis dans un fauteuil blanc et brillant, devant un bureau jaune et brillant, avec sa grosse tête chauve aussi brillante que les meubles, et sa moustache sur la lèvre supérieure se contractait fébrilement dans un mouvement qu'on pouvait facilement interpréter comme de colère.

La seconde chose que remarqua Haroun, c'est que le Morse ne se trouvait pas seul.

Dans son bureau, arborant de grands sourires, il y avait le roi Bavardagy, le prince Bolo, la princesse Batcheat, le président du Moulin à Paroles, le président Mudra de Chup, son aide de camp Babilbouche, le général Kitab, Ssi, Mali, ainsi que Rachid Khalifa. Sur le mur, il y avait un écran vidéo sur lequel Haroun vit Goopy et Bagha qui lui souriaient sous la surface du Lagon, qui lui souriaient de toutes leurs bouches. La tête de Mmais la huppe le regardait sur un second écran.

Haroun en resta sidéré. « Est-ce que je deviens fou ? » réussit-il à demander. Tout le monde dans la pièce éclata de rire. « Il faut nous pardonner », dit le Morse, en essuyant ses larmes de rire et en pouffant encore. « On t'a fait une farce. Juste une petite plaisanterie. Une petite plaisanterie », répéta-t-il et il éclata à nouveau de rire.

« À quoi tout cela rime-t-il ? » insista Haroun. Le Morse se ressaisit et prit son visage le plus sérieux, ce qui aurait très bien pu marcher s'il n'avait croisé le regard de Ssi et il éclata de rire une nouvelle fois ; et Ssi rit lui aussi ; et tous les autres rirent. Il fallut plusieurs minutes pour que le calme revienne.

« Haroun Khalifa », dit le Morse, en se levant, encore un peu essoufflé et en se tenant les côtes toujours douloureuses, « pour t'honorer en fonction du service inestimable que tu as rendu aux peuples de Kahani et à l'Océan des Courants d'Histoires, nous t'accordons le droit de nous demander n'importe quelle faveur et nous te promettons de te l'accorder si cela est en notre pouvoir, même si cela implique l'invention d'un nouveau Système De Transmission Trop Compliqué À Expliquer. »

Haroun resta silencieux.

« Eh bien, Haroun, demanda Rachid, pas d'idée ? »

Haroun restait toujours silencieux, et il sembla brusquement malheureux. Ce fut Babilbouche qui comprit, elle vint vers lui, lui prit la main et lui demanda : « Qu'y a-t-il ? Que se passe-t-il ?

— Il est inutile de poser des questions, répondit Haroun à voix basse, parce que personne ici ne peut me donner ce que je veux réellement.

— Absurde, répliqua le Morse. Je sais parfaitement ce que tu veux. Tu as vécu une grande aventure et, après une grande aventure, tout le monde veut la même chose.

— Ah ? Et qu'est-ce que c'est ? demanda Haroun, un peu agressif.

— Une fin heureuse », dit le Morse. Cela cloua le bec d'Haroun. « Ce n'est pas la vérité ? insista le Morse.

— Eh bien, oui, je suppose, reconnut Haroun mal à l'aise. Mais la fin heureuse à laquelle je pense n'est pas quelque chose qu'on peut trouver dans une mer, même une mer où il y a des poissons polypanses. »

Le Morse hocha la tête, lentement et sagement, sept fois. Puis il joignit l'extrémité de ses doigts et s'assit devant son bureau, en faisant signe à Haroun et aux autres de s'asseoir eux aussi. Haroun s'installa sur une chaise blanche et brillante qui faisait face au bureau du Morse ; les autres s'assirent sur des chaises semblables alignées le long des murs.

« Hum, commença le Morse. Les fins heureuses sont plus rares dans les histoires et dans la vie que ne le croient les gens. On peut même dire que ce sont les exceptions et non la règle.

— Tu es d'accord avec moi, dit Haroun. Alors, où cela nous mène-t-il ?

— C'est précisément parce que les fins heureuses sont si rares, continua le Morse, que nous, dans l'immeuble S2TTCAE, nous avons appris à en faire la synthèse de façon artificielle. Pour parler clairement : *nous pouvons les fabriquer*.

— C'est impossible, protesta Haroun. Il ne s'agit pas de choses qu'on peut mettre en bouteille. » Mais il ajouta, moins sûr de lui : « N'est-ce pas ?

— Si Khattam-Shud pouvait faire la synthèse d'anti-histoires, dit le Morse avec une légère pointe d'orgueil blessé, je crois que tu accepteras l'idée que nous pouvons, nous aussi, faire la synthèse de choses. Quant au mot "impossible", la plupart des gens diraient que tout ce qui t'est arrivé récemment est absolument, absolument impossible. Pourquoi faire une montagne de cette chose impossible en particulier ? »

Il y eut un nouveau silence.

« Très bien, alors, dit hardiment Haroun. Tu as dit que je pouvais faire un vœu important, et c'est le cas. Je viens d'une ville triste, une ville si triste qu'elle en a oublié son nom. Je veux que tu fournisses une fin heureuse, pas seulement à mon aventure, mais aussi à toute la ville triste.

— Les fins heureuses doivent arriver à la fin de quelque chose, lui fit remarquer le Morse. Si elles arrivent au milieu d'une histoire, d'une aventure ou de quelque chose de semblable, elles ne font qu'égayer les choses pendant quelque temps.

— Ça pourra aller », dit Haroun.

Puis ce fut le moment de rentrer.

*

Ils partirent rapidement parce que Haroun détestait les longs adieux. Dire au revoir à Babilbouche se révéla particulièrement difficile et si elle ne s'était pas penchée en avant sans prévenir pour lui donner un baiser, Haroun n'aurait sans aucun doute jamais trouvé le moyen de l'embrasser, pourtant, quand ce fut fait, il découvrit qu'il n'était pas du tout gêné mais très heureux ; ce qui rendit la séparation encore plus difficile.

En bas du jardin d'agrément, Haroun et Rachid dirent adieu de la main à leurs amis et montèrent, avec Ssi, sur le dos de Mmais la huppe. Ce n'est qu'à ce moment qu'Haroun se rendit compte que Rachid avait dû rater son rendez-vous à K, et par conséquent, un Buttoo arrogant et en colère devait les attendre à leur retour au lac Morne. « Mais mais mais qu'importe », dit Mmais la huppe sans remuer le bec. « Quand on voyage avec Mmais la huppe, on a le temps avec soi. On part tard, on arrive tôt ! Allons-y ! Vroum-vroum ! »

La nuit était tombée sur le lac Morne. Haroun vit le bateau-hôtel, *Les Mille et Une Nuits plus une*, paisiblement à l'ancre sous la lune. Ils atterrirent en passant par la fenêtre ouverte d'une chambre et tandis qu'Haroun montait dans son lit-paon, il fut submergé par une immense fatigue et il ne put rien faire d'autre que se coucher et s'endormir immédiatement.

Quand il se réveilla, c'était une matinée claire et ensoleillée. Tout semblait comme d'habitude ; de huppes mécaniques volantes et de Génies de l'Eau, aucune trace.

Il se leva, se frotta les yeux, et découvrit Rachid Khalifa assis sur le petit balcon à l'avant du bateau-hôtel, toujours dans sa longue chemise de nuit bleue, qui buvait une tasse de thé. Une barque en forme de cygne venait vers eux sur le lac.

« J'ai fait un rêve étrange... » dit Rachid Khalifa, mais il fut interrompu par la voix de l'arrogant Buttoo qui leur adressait des signes énergiques depuis la barque-cygne. « Ho, ho-ho ! » cria Mr Buttoo.

« Oh ! mon Dieu ! pensa Haroun. Maintenant, il va y avoir des cris et des grincements de dents et nous allons devoir payer notre note. »

« Ho ! Monsieur Rachid l'endormi ! appela Buttoo. Se peut-il que vous et votre fils, vous soyez encore en chemise de nuit alors que je viens vous chercher pour votre représentation ? La foule vous attend, paresseux monsieur Rachid ! Je suis sûr que vous n'allez pas la décevoir. »

Il semblait que toute l'aventure de Kahani s'était passée en une seule nuit ! « Mais c'est impossible », pensa Haroun ; ce qui lui rappela le Morse demandant : « Pourquoi faire une montagne de cette chose impossible en particulier ? » — et il se tourna rapidement vers son père pour lui demander : « Ton rêve... tu t'en souviens ?

— Pas maintenant, Haroun », dit Rachid Khalifa qui cria à Mr Buttoo qui s'approchait : « Pourquoi cette inquiétude, monsieur ? Montez à bord, prenez un thé, nous allons nous habiller très vite et partir. » Puis il dit à Haroun : « Dépêche-toi, mon garçon. Le Shah de Bla n'est jamais en retard. L'Océan des Idées a une réputation de ponctualité à maintenir.

— L'Océan », dit rapidement Haroun tandis que Buttoo s'approchait dans la barque-cygne.

« Réfléchis, s'il te plaît. C'est très important. » Mais Rachid n'écoutait pas.

Haroun alla s'habiller un peu tristement ; et il remarqua une petite enveloppe dorée posée près de son oreiller, une enveloppe comme celles dans lesquelles les grands hôtels laissent parfois la nuit des chocolats à la menthe pour leurs clients. À l'intérieur, il y avait une note, écrite par Babilbouche et signée par elle et tous les amis de la lune Kahani. (Goopy et Bagha, qui ne savaient pas écrire, avaient laissé l'empreinte de leurs lèvres de poissons sur le papier et envoyé des baisers à la place de signatures.)

« Viens quand tu veux, disait la lettre, reste aussi longtemps que tu le veux. Souviens-toi : quand tu voles avec Mmais la huppe, le temps est avec toi. »

Il trouva quelque chose d'autre dans l'enveloppe dorée : un oiseau minuscule, parfait jusqu'au moindre détail, qui dressait la tête vers lui. C'était, évidemment, la huppe.

« Ce brin de toilette a l'air de t'avoir fait beaucoup de bien », dit Rachid à Haroun qui sortait de sa chambre. « Je ne t'ai pas vu aussi heureux depuis des mois. »

*

Vous vous souvenez que Mr Buttoo et son gouvernement local impopulaire attendaient que Rachid leur gagne le soutien des électeurs en leur racontant des « sagas optimistes et élogieuses » et en supprimant les « histoires déprimantes ». Ils avaient installé dans un grand parc toutes sortes de décorations joyeuses — des calicots, des banderoles, des drapeaux — et ils avaient fixé des haut-parleurs au sommet de poteaux dans tout l'ensemble du parc de façon que tout le monde puisse bien entendre le Shah de Bla. Il y avait une scène haute en couleur recouverte d'affiches qui disaient VOTEZ BUTTOO ou encore SI VOUS NE VOULEZ PAS AVOIR SOIF TARD — C'EST QUE VOUS AVEZ BU...TTOO ! Effectivement, une immense foule de spectateurs s'était réunie pour écouter Rachid ; mais, à leur expression maussade, Haroun se rendit compte que les gens ne s'intéressaient absolument pas à Mr Buttoo.

« À vous, dit sèchement Mr Buttoo. Célèbre monsieur Rachid, vous avez intérêt à être bon ; sinon... »

Haroun resta sur le côté de la scène tandis que Rachid s'avançait en souriant vers le micro sous les applaudissements nourris. Puis Haroun eut un véritable choc parce que ses premiers mots furent : « Mesdames et messieurs, le titre de l'histoire que je vais vous raconter est *Haroun et la Mer des Histoires*. »

« Ainsi, tu n'as pas oublié », se dit Haroun avec un sourire.

Rachid Khalifa, l'Océan des Idées, le Shah de Bla, regarda son fils et fit un clin d'œil. *Croyais-tu que je pouvais oublier une histoire comme celle-là ?* disait le clin d'œil. Et il commença :

« Il était une fois, dans le pays d'Alifbay, une ville triste, la plus triste des villes, une ville si épouvantablement triste qu'elle en avait oublié son propre nom. »

*

Comme vous l'avez deviné, Rachid raconta dans ce parc l'histoire que je viens de vous raconter. Haroun se dit que son père avait dû demander à Ssi et aux autres des détails sur les événements auxquels il n'avait pas assisté personnellement parce qu'il fit un récit très précis. Il était égale ment évident qu'il allait bien, qu'il avait retrouvé le don de Faconde et qu'il tenait son public dans le creux de la main. Quand il chanta les chansons de Mali, tout le monde entonna « On peut couper les cheveux en quatre mais on ne peut pas me couper », et quand il chanta les chansons de Batcheat, la foule demanda grâce.

À chaque fois que Rachid parlait de Khattam-Shud et de ses séides de l'amicale des Bouches Cousues, le public fixait d'un regard dur l'arrogant Buttoo et *ses* séides, assis derrière Rachid sur la scène, qui avaient l'air de moins en moins heureux au fur et à mesure que l'histoire se déroulait. Et quand Rachid raconta au public que presque tous les Chupwalas détestaient le Maître du Culte mais qu'ils avaient peur de le dire, eh bien, un bruyant murmure de sympathie pour les Chupwalas s'éleva de la foule, *oui*, murmuraient les gens, *nous savons exactement ce qu'ils ressentaient*. Et après les deux chutes des deux Khattam-Shud, quelqu'un se mit à chanter « Monsieur Buttoo — allez-vous-en ; monsieur Buttoo — Khattam-Shud » et tout le public se joignit à lui. En entendant la chanson, l'arrogant Buttoo comprit que tout était fini pour lui, et avec ses séides il quitta discrètement la scène. La foule le laissa s'enfuir mais lui lança des injures. On ne revit jamais Mr Buttoo dans la vallée de K et les gens de la vallée furent libres de choisir des chefs qui leur plaisaient.

« Évidemment, nous n'avons pas été payés », dit gaiement Rachid à Haroun tandis qu'ils attendaient la voiture postale pour quitter la vallée. « Mais qu'importe ; l'argent n'est pas tout.

— Mais mais mais, dit une voix connue depuis le siège du conducteur, pas du tout d'argent n'est rien du tout. »

*

Il pleuvait toujours des cordes quand ils revinrent dans la ville triste. Beaucoup de rues étaient inondées. « Qu'importe ! » cria gaiement Rachid Khalifa. « Allons à la maison à pied. Il y a des années que je ne me suis pas fait vraiment tremper. »

Haroun avait eu peur que son père soit déprimé en retrouvant l'appartement plein de pendules cassées et sans Soraya, aussi il lança un regard soupçonneux à son père. Mais Rachid sautillait dans l'eau, et plus il était humide en marchant dans l'eau boueuse qui leur montait jusqu'aux mollets, plus il devenait heureux comme un gamin. Haroun finit par être de la même humeur que son père et bientôt ils se poursuivaient en s'éclaboussant comme deux petits enfants.

Au bout de quelque temps, Haroun se rendit compte que les rues de la ville étaient pleines de gens qui s'amusaient de la même façon, qui couraient, sautaient, s'éclaboussaient et tombaient et qui, surtout, riaient à gorge déployée.

« On dirait que cette vieille ville a enfin appris à s'amuser, dit Rachid en souriant.

— Mais pourquoi ? demanda Haroun. Rien n'a vraiment changé. Regarde les usines de tristesse fonctionnent toujours, on peut voir la fumée ; et tout le monde est presque toujours aussi pauvre...

— Hé, toi, triste figure », cria un vieux monsieur qui devait avoir au moins soixante-dix ans mais qui dansait sous la pluie, en agitant un parapluie fermé comme une épée. « Ne chante pas de chansons tragiques par ici. »

Rachid Khalifa s'approcha de l'homme. « Nous n'étions pas en ville, dit-il. Est-ce qu'il s'est passé quelque chose pendant notre absence ? Un miracle par exemple ?

— C'est seulement la pluie, répondit le vieil homme. Elle rend tout le monde heureux. Moi compris. Youpi ! » Et il descendit la rue en sautillant.

« C'est le Morse, comprit soudain Haroun. C'est le Morse qui réalise mon vœu. Il doit y avoir de la fin heureuse mélangée à la pluie.

— Si c'est le Morse, dit Rachid, en faisant un petit pas de danse dans une flaque alors la ville te doit un grand merci.

— Non, papa », dit Haroun dont la bonne humeur disparut brusquement. « Tu ne comprends pas ? Ce n'est pas réel. C'est simplement quelque chose que les Grosses Têtes sortent d'une bouteille. Tout est faux. Les gens devraient être heureux quand ils ont une raison de l'être, pas seulement quand il leur tombe du ciel du bonheur en bouteille.

— Je vais vous dire de quoi vous pouvez être heureux », leur lança un policier qui passait en flottant sur un parapluie retourné. « Nous avons retrouvé le nom de la ville.

— Eh bien, allez-y, dites-le-nous, insista Rachid soudain très excité.

— Kahani », dit gaiement le policier en s'en allant dans son parapluie, au fil de la rue inondée. « Est-ce que ce n'est pas un beau nom pour une ville ? Ça veut dire "histoire", vous savez. »

*

Ils tournèrent le coin de leur rue et virent leur maison qui avait l'air d'un gâteau détrempé sous la pluie. Rachid sautait et bondissait toujours mais Haroun se sentait devenir plus lourd à chaque pas ; il trouvait la bonne humeur de son père parfaitement insupportable et il rendait le Morse responsable de tout ça, de chaque chose, de tout ce qui était mal, mauvais et faux dans ce monde sans mère.

Miss Oneeta sortit sur le balcon du premier. « Oh ! c'est merveilleux, vous êtes revenus ! Venez, venez, quelle fête et quelles friandises nous allons avoir ! » Elle tremblait, tremblotait et battait les mains de joie.

« Qu'y a-t-il à fêter ? » demanda Haroun à Miss Oneeta qui descendit les rejoindre dans la rue en courant sous la pluie.

« Personnellement, répondit Miss Oneeta, j'ai dit bon débarras à Mr Sengupta. Et j'ai aussi un emploi à la fabrique de chocolat, et j'ai autant de chocolats gratuits que j'en veux. J'ai aussi plusieurs soupirants — mais écoutez-moi ça, quelle honte, vous parler ainsi.

— Je suis heureux pour vous, répondit Haroun. Mais dans notre vie, il n'y a pas que des chansons et des danses. »

Miss Oneeta eut une expression mystérieuse. « Vous êtes peut-être restés absents trop longtemps, dit-elle. Les choses changent. »

Rachid fronça les sourcils. « Oneeta, de quoi parlez-vous ? Si vous avez quelque chose à dire... »

La porte d'entrée de l'appartement des Khalifa s'ouvrit et Soraya Khalifa apparut, aussi grande que la vie et deux fois plus belle. Haroun et Rachid ne pouvaient plus bouger. Ils restaient pétrifiés comme des statues sous la pluie, la bouche ouverte.

« Était-ce aussi l'œuvre du Morse ? » murmura Rachid à Haroun qui secoua simplement la tête. Rachid se répondit à lui-même :

« Qui sait ? Peut-être que oui, peut-être que non, comme aurait dit notre conducteur de la voiture postale. »

Soraya les rejoignit sous la pluie. « Quel Morse ? demanda-t-elle. Je ne connais aucun Morse, mais je reconnais que j'ai fait une faute. Je suis partie ; je ne le nie pas. Je suis partie, mais maintenant, si vous le voulez, je reviens. »

Haroun regarda son père. Rachid ne pouvait plus parler.

« Ce Sengupta, je vous jure, continua Soraya. Une espèce d'employé membraneux, squameux, morveux, baveux, piteux, galeux, boutonneux, fouineux ! Pour ce qui me concerne, c'est fini, achevé, terminé.

— *Khattam-shud*, dit tranquillement Haroun.

— C'est vrai, répondit sa mère. Je le promets. Mr Sengupta c'est *khattam-shud*.

— Bienvenue à la maison », dit Rachid, et les trois Khalifa (ainsi que Miss Oneeta) tombèrent dans les bras les uns des autres.

« Entrez, proposa enfin Soraya. Il y a une limite à la quantité de pluie que peut apprécier quelqu'un. »

*

Ce soir-là, quand il alla se coucher, Haroun sortit Mmais la huppe miniaturisée de son enveloppe dorée et la posa sur la paume de sa main gauche. « Comprends, s'il te plaît, dit-il à la huppe, ça fait vraiment du bien de savoir que tu seras là quand j'aurai besoin de toi. Mais au train où vont les choses actuellement, je n'ai vraiment besoin d'aller nulle part.

— Mais mais mais, dit la huppe miniaturisée d'une voix miniaturisée (et sans remuer le bec), aucun problème. »

Haroun rangea Mmais la huppe dans son enveloppe, glissa l'enveloppe sous son oreiller, mit l'oreiller sous sa tête et s'endormit.

Quand il s'éveilla, il trouva des vêtements neufs au pied de son lit et, sur sa table de chevet, un nouveau réveil, en parfait état de marche, et qui donnait l'heure exacte. « Des cadeaux ? se demanda-t-il. Qu'est-ce que c'est ? »

Puis il se souvint : c'était son anniversaire. Il entendit son père et sa mère qui marchaient dans l'appartement, en attendant qu'il apparaisse. Il se leva, mit ses vêtements neufs et contempla son nouveau réveil.

« Oui, se dit-il en hochant la tête, le temps s'est remis en route ici. »

De l'autre côté de la porte, dans la salle de séjour, sa mère commença à chanter.

À propos des noms de ce livre

Dans cette histoire, beaucoup de noms de personnages et de lieux sont tirés de termes hindoustani.

Abhinaya est en fait le nom du langage par gestes employé dans la danse classique indienne.

Alifbay est un pays imaginaire. Son nom vient du mot hindoustani signifiant « alphabet ».

Batcheat vient de « baat-cheet », c'est-à-dire « bavardage ».

Bat-Mat-Karo veut dire « Ne parle pas ».

Bezaban signifie « sans langue ».

Bolo vient du verbe *bolna*, parler. « Bolo ! » est l'impératif « Parle ! »

Chup signifie « calme » (ou silencieux) ; *Chupwala* signifie quelque chose comme « type calme ».

Le *lac Morne* (en anglais *Dull Lake*), qui n'existe pas, tire son nom du Dal Lake, au Cachemire, qui existe.

Goopy et *Bagha* ne signifient rien de particulier mais ce sont aussi les noms de deux héros loufoques d'un film de Satyajit Ray. Les personnages du film ne sont pas des poissons mais de vrais poisons.

Gup signifie « bavardage », mais aussi « absurdité » ou « blague ».

Haroun et *Rachid* doivent leur nom au célèbre calife de Bagdad, Hârôun al-Rachîd (766-809) qui apparaît dans de nombreux contes des *Mille et Une Nuits*. Leur nom de famille Khalifa veut dire « Calife ».

Kahani veut dire « histoire ».

Khamosh signifie « silence ».

Khattam-Shud signifie « complètement terminé ».

Kitab veut dire « livre ».

Mali veut dire « jardinier », ce qui ne surprendra pas.

Mudra qui parle abhinaya, le langage par gestes (voir ci-dessus), en tire son nom. Un « mudra » est tout geste qui compose ce langage.

DU MÊME AUTEUR

Aux Éditions Plon

LE DERNIER SOUPIR DU MAURE, 1996 (Folio n° 4949)

EST, OUEST, 1997

LES ENFANTS DE MINUIT, 1997 (1re parution Stock, 1983, Folio n° 5029)

LE SOURIRE DU JAGUAR : UN VOYAGE AU NICARAGUA, 1997 (1re parution Stock, 1984)

LA HONTE, 1997 (1re parution Stock, 1984)

LES VERSETS SATANIQUES, 1999 (1re parution Christian Bourgois, 1989)

LA TERRE SOUS SES PIEDS, 1999

FURIE, 2001

FRANCHISSEZ LA LIGNE... (Essais 1992-2002), 2003

HAROUN ET LA MER DES HISTOIRES, 2004 (1re parution Christian Bourgois, 1991, Folio n° 5094)

SHALIMAR LE CLOWN, 2005

L'ENCHANTERESSE DE FLORENCE, 2008 (Folio n° 5030)

Chez d'autres éditeurs

PATRIES IMAGINAIRES, Christian Bourgois, 1993

LE MAGICIEN D'OZ, Nouveau Monde éditions, 2002

COLLECTION FOLIO

Dernières parutions

4834. Patrick Modiano	*Dans le café de la jeunesse perdue.*
4835. Marisha Pessl	*La physique des catastrophes.*
4837. Joy Sorman	*Du bruit.*
4838. Brina Svit	*Coco Dias ou La Porte Dorée.*
4839. Julian Barnes	*À jamais* et autres nouvelles.
4840. John Cheever	*Une Américaine instruite* suivi d'*Adieu, mon frère.*
4841. Collectif	*«Que je vous aime, que je t'aime !»*
4842. André Gide	*Souvenirs de la cour d'assises.*
4843. Jean Giono	*Notes sur l'affaire Dominici.*
4844. Jean de La Fontaine	*Comment l'esprit vient aux filles.*
4845. Yukio Mishima	*Papillon* suivi de *La lionne.*
4846. John Steinbeck	*Le meurtre* et autres nouvelles.
4847. Anton Tchékhov	*Un royaume de femmes* suivi de *De l'amour.*
4848. Voltaire	*L'Affaire du chevalier de La Barre* précédé de *L'Affaire Lally.*
4849. Victor Hugo	*Notre-Dame de Paris.*
4850. Françoise Chandernagor	*La première épouse.*
4851. Collectif	*L'œil de La NRF.*
4852. Marie Darrieussecq	*Tom est mort.*
4853. Vincent Delecroix	*La chaussure sur le toit.*
4854. Ananda Devi	*Indian Tango.*
4855. Hans Fallada	*Quoi de neuf, petit homme ?*
4856. Éric Fottorino	*Un territoire fragile.*
4857. Yannick Haenel	*Cercle.*
4858. Pierre Péju	*Cœur de pierre.*
4859. Knud Romer	*Cochon d'Allemand.*
4860. Philip Roth	*Un homme.*
4861. François Taillandier	*Il n'y a personne dans les tombes.*
4862. Kazuo Ishiguro	*Un artiste du monde flottant.*

4863. Christian Bobin	*La dame blanche.*
4864. Sous la direction d'Alain Finkielkraut	*La querelle de l'école.*
4865. Chahdortt Djavann	*Autoportrait de l'autre.*
4866. Laura Esquivel	*Chocolat amer.*
4867. Gilles Leroy	*Alabama Song.*
4868. Gilles Leroy	*Les jardins publics.*
4869. Michèle Lesbre	*Le canapé rouge.*
4870. Carole Martinez	*Le cœur cousu.*
4871. Sergio Pitol	*La vie conjugale.*
4872. Juan Rulfo	*Pedro Páramo.*
4873. Zadie Smith	*De la beauté.*
4874. Philippe Sollers	*Un vrai roman. Mémoires.*
4875. Marie d'Agoult	*Premières années.*
4876. Madame de Lafayette	*Histoire de la princesse de Montpensier* et autres nouvelles.
4877. Madame Riccoboni	*Histoire de M. le marquis de Cressy.*
4878. Madame de Sévigné	*« Je vous écris tous les jours... »*
4879. Madame de Staël	*Trois nouvelles.*
4880. Sophie Chauveau	*L'obsession Vinci.*
4881. Harriet Scott Chessman	*Lydia Cassatt lisant le journal du matin.*
4882. Raphaël Confiant	*Case à Chine.*
4883. Benedetta Craveri	*Reines et favorites.*
4884. Erri De Luca	*Au nom de la mère.*
4885. Pierre Dubois	*Les contes de crimes.*
4886. Paula Fox	*Côte ouest.*
4887. Amir Gutfreund	*Les gens indispensables ne meurent jamais.*
4888. Pierre Guyotat	*Formation.*
4889. Marie-Dominique Lelièvre	*Sagan à toute allure.*
4890. Olivia Rosenthal	*On n'est pas là pour disparaître.*
4891. Laurence Schifano	*Visconti.*
4892. Daniel Pennac	*Chagrin d'école.*
4893. Michel de Montaigne	*Essais I.*
4894. Michel de Montaigne	*Essais II.*
4895. Michel de Montaigne	*Essais III.*

4896. Paul Morand	*L'allure de Chanel.*
4897. Pierre Assouline	*Le portrait.*
4898. Nicolas Bouvier	*Le vide et le plein.*
4899. Patrick Chamoiseau	*Un dimanche au cachot.*
4900. David Fauquemberg	*Nullarbor.*
4901. Olivier Germain-Thomas	*Le Bénarès-Kyôto.*
4902. Dominique Mainard	*Je voudrais tant que tu te souviennes.*
4903. Dan O'Brien	*Les bisons de Broken Heart.*
4904. Grégoire Polet	*Leurs vies éclatantes.*
4905. Jean-Christophe Rufin	*Un léopard sur le garrot.*
4906. Gilbert Sinoué	*La Dame à la lampe.*
4907. Nathacha Appanah	*La noce d'Anna.*
4908. Joyce Carol Oates	*Sexy.*
4909. Nicolas Fargues	*Beau rôle.*
4910. Jane Austen	*Le Cœur et la Raison.*
4911. Karen Blixen	*Saison à Copenhague.*
4912. Julio Cortázar	*La porte condamnée* et autres nouvelles fantastiques.
4913. Mircea Eliade	*Incognito à Buchenwald...* précédé d'*Adieu !...*
4914. Romain Gary	*Les trésors de la mer Rouge.*
4915. Aldous Huxley	*Le jeune Archimède* précédé de *Les Claxton.*
4916. Régis Jauffret	*Ce que c'est que l'amour* et autres microfictions.
4917. Joseph Kessel	*Une balle perdue.*
4918. Lie-tseu	*Sur le destin* et autres textes.
4919. Junichirô Tanizaki	*Le pont flottant des songes.*
4920. Oscar Wilde	*Le portrait de Mr. W. H.*
4921. Vassilis Alexakis	*Ap. J.-C.*
4922. Alessandro Baricco	*Cette histoire-là.*
4923. Tahar Ben Jelloun	*Sur ma mère.*
4924. Antoni Casas Ros	*Le théorème d'Almodóvar.*
4925. Guy Goffette	*L'autre Verlaine.*
4926. Céline Minard	*Le dernier monde.*
4927. Kate O'Riordan	*Le garçon dans la lune.*
4928. Yves Pagès	*Le soi-disant.*
4929. Judith Perrignon	*C'était mon frère...*
4930. Danièle Sallenave	*Castor de guerre*
4931. Kazuo Ishiguro	*La lumière pâle sur les collines.*
4932. Lian Hearn	*Le Fil du destin. Le Clan des Otori.*

4933. Martin Amis	*London Fields.*
4934. Jules Verne	*Le Tour du monde en quatre-vingts jours.*
4935. Harry Crews	*Des mules et des hommes.*
4936. René Belletto	*Créature.*
4937. Benoît Duteurtre	*Les malentendus.*
4938. Patrick Lapeyre	*Ludo et compagnie.*
4939. Muriel Barbery	*L'élégance du hérisson.*
4940. Melvin Burgess	*Junk.*
4941. Vincent Delecroix	*Ce qui est perdu.*
4942. Philippe Delerm	*Maintenant, foutez-moi la paix!*
4943. Alain-Fournier	*Le grand Meaulnes.*
4944. Jerôme Garcin	*Son excellence, monsieur mon ami.*
4945. Marie-Hélène Lafon	*Les derniers Indiens.*
4946. Claire Messud	*Les enfants de l'empereur*
4947. Amos Oz	*Vie et mort en quatre rimes*
4948. Daniel Rondeau	*Carthage*
4949. Salman Rushdie	*Le dernier soupir du Maure*
4950. Boualem Sansal	*Le village de l'Allemand*
4951. Lee Seung-U	*La vie rêvée des plantes*
4952. Alexandre Dumas	*La Reine Margot*
4953. Eva Almassy	*Petit éloge des petites filles*
4954. Franz Bartelt	*Petit éloge de la vie de tous les jours*
4955. Roger Caillois	*Noé* et autres textes
4956. Casanova	*Madame F.* suivi d'*Henriette*
4957. Henry James	*De Grey, histoire romantique*
4958. Patrick Kéchichian	*Petit éloge du catholicisme*
4959. Michel Lermontov	*La Princesse Ligovskoï*
4960. Pierre Péju	*L'idiot de Shangai* et autres nouvelles
4961. Brina Svit	*Petit éloge de la rupture*
4962. John Updike	*Publicité*
4963. Noëlle Revaz	*Rapport aux bêtes*
4964. Dominique Barbéris	*Quelque chose à cacher*
4965. Tonino Benacquista	*Malavita encore*
4966. John Cheever	*Falconer*
4967. Gérard de Cortanze	*Cyclone*
4968. Régis Debray	*Un candide en Terre sainte*
4969. Penelope Fitzgerald	*Début de printemps*

4970. René Frégni	*Tu tomberas avec la nuit*
4971. Régis Jauffret	*Stricte intimité*
4972. Alona Kimhi	*Moi, Anastasia*
4973. Richard Millet	*L'Orient désert*
4974. José Luís Peixoto	*Le cimetière de pianos*
4975. Michel Quint	*Une ombre, sans doute*
4976. Fédor Dostoïevski	*Le Songe d'un homme ridicule* et autres récits
4977. Roberto Saviano	*Gomorra*
4978. Chuck Palahniuk	*Le Festival de la couille*
4979. Martin Amis	*La Maison des Rencontres*
4980. Antoine Bello	*Les funambules*
4981. Maryse Condé	*Les belles ténébreuses*
4982. Didier Daeninckx	*Camarades de classe*
4983. Patrick Declerck	*Socrate dans la nuit*
4984. André Gide	*Retour de l'U.R.S.S.*
4985. Franz-Olivier Giesbert	*Le huitième prophète*
4986. Kazuo Ishiguro	*Quand nous étions orphelins*
4987. Pierre Magnan	*Chronique d'un château hanté*
4988. Arto Paasilinna	*Le cantique de l'apocalypse joyeuse*
4989. H.M. van den Brink	*Sur l'eau*
4990. George Eliot	*Daniel Deronda, 1*
4991. George Eliot	*Daniel Deronda, 2*
4992. Jean Giono	*J'ai ce que j'ai donné*
4993. Édouard Levé	*Suicide*
4994. Pascale Roze	*Itsik*
4995. Philippe Sollers	*Guerres secrètes*
4996. Vladimir Nabokov	*L'exploit*
4997. Salim Bachi	*Le silence de Mahomet*
4998. Albert Camus	*La mort heureuse*
4999. John Cheever	*Déjeuner de famille*
5000. Annie Ernaux	*Les années*
5001. David Foenkinos	*Nos séparations*
5002. Tristan Garcia	*La meilleure part des hommes*
5003. Valentine Goby	*Qui touche à mon corps je le tue*
5004. Rawi Hage	*De Niro's Game*
5005. Pierre Jourde	*Le Tibet sans peine*
5006. Javier Marías	*Demain dans la bataille pense à moi*
5007. Ian McEwan	*Sur la plage de Chesil*
5008. Gisèle Pineau	*Morne Câpresse*

Composition et impression CPI Bussière
à Saint-Amand (Cher), le 14 juin 2010.
Dépôt légal : juin 2010.
1er dépôt légal dans la collection : mai 2010.
Numéro d'imprimeur : 101841/1.
ISBN 978-2-07-042177-0./Imprimé en France.

178401